出版说明

一、关于中华民族的历史，5000 年之说约定俗成，近来亦有 3700 年之说，并以文物、文献和文字为其主要特征。民间故事是口头文学，似不应止步于 3700 年，故采纳 5000 年之说。

二、民间故事是中国文学乃至中华文明不可或缺的组成部分已成共识。首先，自新文化运动以来，民间故事得风气之先，曾获得不同规模的搜集、整理、研究和开发。其次，从 1981 年开始，国家启动长达 28 年的"三套集成"文化工程，民间故事的丰富矿藏渐为世人所知。第三，《故事会》杂志更是以"民间故事金库"栏目的形式连续地、固定地刊发了许多作品，在社会上已形成一定的覆盖面和影响力。

三、因此之故，我们推出"5000 年民间故事经典传承"丛书，既秉持传承之意，又力兴传播之举。

四、丛书邀请中国社会科学院、北京大学、北京师范大学、复旦大学、华东师范大学、华中师范大学等有关专家学者成立编委会并担任学术指导。冯骥才担任总主编，何承伟担任总策划。

五、丛书计划出版 50 种，分"话"、"蒙"、"书"、"名"、"知"、"智"、"趣"七个子系列。故事会编辑部负责编辑工作。

六、每年计划推出约 10 种选题，丛书之出版贯串于"十二五"出版规划整个过程。

七、编选原则：1.所编选的作品要体现经典性、富有传承性和贯彻当代性。2.编选形式求大同存小异。3.每册图书的篇幅控制在 20 万字以内。

　　总体而言,丛书采取的是选本的形式。也正如鲁迅先生所说的,选本所显示的,往往并非作者的特色,倒是选者的眼光。故,希望得到社会各界的批评指正。

　　虽然我们今天已经进入大数据、云计算时代,然而,我们仍然倡导有根的阅读,更想让民间故事的智慧像火种一样,一粒一粒种在读者的心里。

丛书编委会

5000年民间故事经典传承

美◆食故事

总主编　冯骥才　总纂划　何承伟　本册主编　田兆元

上海世纪出版集团
上海故事会文化传媒有限公司

5000 年民间故事经典传承丛书

总主编　冯骥才

总策划　何承伟

编委（以姓氏笔画为序）

万建中　北京师范大学中文系教授

田兆元　华东师范大学民俗学研究所教授

祁连休　中国社会科学院文学研究所研究员

刘守华　华中师范大学中文系教授

陈泳超　北京大学中文系教授

郑土有　复旦大学中文系教授

夏一鸣　上海世纪出版集团编审

徐华龙　上海世纪出版集团编审

你听过这样一句话吗？"吃在中国，穿在法国，玩在美国，住在英国。"虽然有些夸张的成分，但这话不假，在中国，美食文化历史悠久，美食名堂花样繁多，可谓"民以食为天"。

中国版图幅员辽阔，由于地理、气候、民族文化的不同，各地饮食习惯有较大的差异。在中国，最主要的是汉族饮食文化，分为八大菜系：鲁菜、川菜、苏菜、粤菜、浙菜、闽菜、湘菜、徽菜。除此之外，东北菜、京菜、冀菜、豫菜、鄂菜、本帮菜、赣菜、客家菜、清真菜等地方特色菜系，也各具特色，别开生面，与八大菜系共同组成了一张色彩斑斓的饮食文化地图。

纵观中国的饮食文化，除了一道道在各地民间广为流传的美食，还有一个个依附于美食之上的传说。可以说，吃的历史有多久，关于吃的故事就有多少。我们编选的这本《美食故事》，正是从海量民间美食故事里挑选出的精品佳作。在这些民间流传的美食故事里，有三大类型最为主要：

一、和名人有关的美食故事

名人指的是帝王将相、才子佳人。

譬如"鱼丸"和秦始皇有关：秦始皇每餐必鱼，但讨厌鱼刺，若在菜里发现了鱼刺，厨师必定命丧黄泉。有一个聪明的厨师发现，用刀将鱼剁成泥后，鱼刺自然会和鱼肉分离。厨师将鱼泥揉成丸子，丢进鸡汤，鱼丸就这样诞生了。这道菜得到了秦始皇的赞赏，名扬四方。在这个故事里，厨师与秦始皇是两者对立的，但是厨师用自己的智慧赢得了秦始皇的赞赏。这样的故事情节暗喻了百姓对残暴君主的不满，以及对智慧人物的崇敬之情。

又譬如"涮羊肉"和忽必烈有关：忽必烈为了重振士气，命人宰羊慰劳士兵。不料追兵赶来，眼看已没时间煮熟整羊，忽必烈想到了把羊肉片成薄片，放入滚汤中烫熟。士兵们吃后士气大振，打了大胜仗。在这个故事里，元世祖忽必烈关爱部下，为他们着想，发明了涮羊肉这种吃法。这种吃法究竟是不是忽必烈想出来的，我们无从考证，但从这样的传说中，我们可以看出民间对贤明君主的想象，用这样的故事从侧面歌颂了贤明君主的美德。

再譬如乾隆和"鱼头豆腐"的故事：乾隆下江南微服私访，恰逢暴雨，无处躲避，只能求助于穷苦人家。穷苦人家为了招待乾隆，拿出家中仅有的鱼头和豆腐做了道菜给他吃，乾隆尝后顿觉美味。回到宫中，乾隆依然日思夜想鱼头豆腐，便回访那户人家，并帮助他开了饭店。从这个故事中，我们可以看出，对吃惯了宫廷菜肴的皇帝来说，民间的家常菜肴就是最大的美味。故事中也能看出老百姓"好人有好报"的朴素哲学观。

和奸臣有关的美食故事有"炸油条"、"三皮丝"等；和良臣有关的美食故事有"三杯鸡"、"元宝肉"等。在这些故事里，老百姓把自己的个人感情带进了菜肴之中，用一道道菜肴传递出黑白分明的恨与爱。

和才子有关的美食故事有"东坡肉"、"太白鸭子"等；和佳人有关的美食故事有王昭君与"马蹄酥鳝"、杨贵妃与"贵妃鸡"等。在这些故事里，美食因为沾上了"才气"与"美貌"，而变得惹人喜爱、令人充满了遐想。

二、和神仙有关的美食故事

这一类故事，通常都有一个穷苦的人，为了谋生而摆摊卖食。神仙在不经意间悄然而至，帮助穷苦的人，"化腐朽为神奇"，让他烧出来的东西变得异常美味。

在本书中，这一类美食故事有张果老与"水晶肴肉"、济公与"无锡肉骨头"、嫦娥与"桂花鲜栗羹"等。

在济公与"无锡肉骨头"的故事里，济公化身为乞丐，去熟食店老板那乞讨。热心肠的老板将店里的熟肉都给了济公，以至于自己第二天没有东西可卖。济公为了报答熟食店老板，将蒲扇的扇骨赠予老板，让他放进肉骨头中同炖。没想到这样炖出来的肉骨头特别好吃，这家熟食店做的肉骨头从此名噪四方。在这则故事中，由于济公本身是个传说人物，从而使这则故事添上了几许神秘色彩。也由此看到了老百姓对"善良"这种美德的赞扬，认为"人在做、天在看"，只要做个善良的好人，好运就会降临到他的身上。

三、和爱情有关的美食故事

"饮食男女，人之大欲存焉。"美食与爱情都是人类最初的本能，是人类共同的向往和追求。在传统故事里，男女之间表达爱情的方式十分含蓄。羞于用言语表达情感，就用行动来表达，用美食来表达自己的爱情。譬如"过桥米线"中的娘子为秀才送鸡汤米线；"福州春卷"中的蔡夫人为先生做了一种自制卷饼；"猫仔粥"里的丈夫偷偷开小灶煮粥，慰劳辛苦的妻子……

虽在这些故事里，并没有出现惊天动地、可歌可泣的内容，但是这些寄情于一粥一饭的主人公，却为我们留下了无限美好的想象空间。

除了以上这三大类美食故事，还有几种类型："歪打正着"创造出来的小吃（"凤尾酥"、"乌镇姑嫂饼"等）；流浪乞丐用自己的土办法烧出来的美食（"叫花鸡"、"重庆火锅"等）；操作失误却"因祸得福"的美食（"天福酱肘子"、"王致和臭豆腐"等）……

无论怎样，美食故事总是和人联系在一起。只有当我们真正了解美食与人的关系后，才能更深地理解美食之味。

我们在编选这本《美食故事》的时候，秉持了"经典性、传承性、当代性"几个原则。在编选体例上，有以下几大特点：

一、美食故事数量繁多，可谓是一道菜一个故事。这些故事的质量不一，有些明显是后人牵强附会的生硬编造，在流传的过程中，缺失了民间故事的精髓。在浏览过大量和美食有关的民间故事后，我们根据其故事性的强弱、有趣程度，对其进行了筛选。如果一道美食附着了几个不同的故事版本，我们就挑选故事性最强、最有意思的故事。每个故事我们还对其进行了加工、改写，让其更加符合大众的阅读趣味。

二、根据中国的地理条件，将美食故事划分为六个章节。在每个章节前附上简介导语，让读者了解不同地域的饮食特色、饮食习惯。

三、我们搜集了美食趣闻、食材辞典、实用菜谱、精美图片，作为附加值穿插在故事文本之间，让读者在阅读的同时，了解美食的特性、历史、做法。这样做，既能让本书增添文学性、实用性，让读者全方位了解一道美食，又能让这本书读起来更加立体、生动。

四、本书附有6张全彩手绘美食地图，借此吸引年轻的读者朋友，让他们都来读一读传统的民间故事，让这些民间故事中的精华，继续在民间传承下去。

衷心希望有那么一天，读者在读完我们的《美食故事》后，能把这些故事在饭桌上传递、分享给亲朋好友，将中华的饮食文化发扬光大。

在编选这本书的前期工作中，我们还得到了华东师范大学民俗学研究所的大力支持和帮助。在此，我们诚挚地感谢刘慧、张伊、亓明曼、庄旭芹、谢苗苗等五个同学付出的辛勤劳动。

目录

一道美食
几个传说
品尝历史的回味
难忘故事的隽永

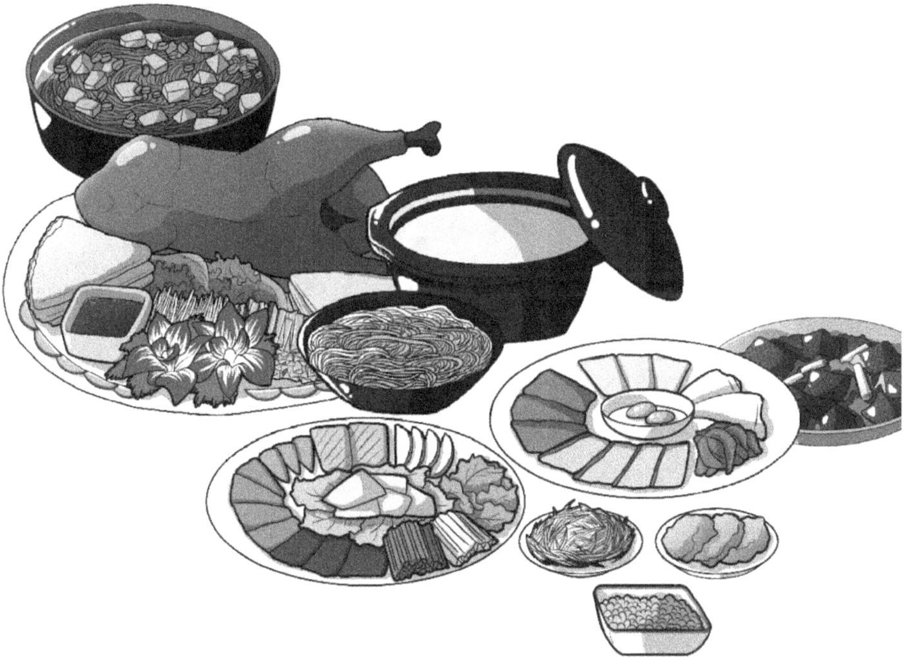

美食故事 源远流长

华东篇

华南篇

华中篇

华北篇

东北 · 西北篇

西 南 篇

华东篇

徽菜——

徽菜起源于黄山麓下的歙县，即古徽州。徽菜注重食补，讲究滋补养生之道。徽菜擅长烧、炖、蒸，重油、重色、重火功。

油煎毛豆腐

浙菜——

浙江一带的烹饪已有几千年悠久历史。浙菜制作精细，吃口滑嫩，注重保持原料的本色和真味。

东坡肉

安徽

江西

苏菜——
苏菜用料以江河湖海水鲜为主，刀工精细，烹调方法多样，追求食物的本味。

松鼠鳜鱼

沪菜——
沪菜海纳百川，讲究食材应季、新鲜，尤其擅烹时令河鲜。沪菜有浓油赤酱，也有糟卤小菜，亦浓亦淡，顺应四季变幻。

白斩鸡

阳澄湖大闸蟹

● 食话 ●

相传几千年前,中华神州的先民在江南一带从事捕捞水产和农垦耕作。一代又一代,江南成为了一个鱼米之乡。

江南地势低洼,雨量充沛,易闹水灾。有时虽然丰收在望,可是,江河湖泊里却经常会冒出许多爬行的"甲壳虫":它们有两只大钳子、八只脚,横行霸道、形状凶恶,不仅闯进稻田偷吃谷粒,还用犀利的钳子伤人。先民畏其如虎狼,并称这种虫为"夹人虫"。

后来,大禹下江南开河治水,派壮士巴解到水陆交错的阳澄湖区域督工,带领民工开挖海口河道。到了夜里,工棚口刚点起火堆,黑压压的一大片"夹人虫",一只一只口吐泡沫,像湖水涨潮一般汹涌而来。大家赶紧出来抵挡,工地上进行了一场激烈的战斗。双方在黑暗中混战到东方发白,"夹人虫"才纷纷退入水中,可是好多民工被夹伤,甚至被夹死,血肉淋漓,惨不忍睹。

巴解想了好久,想出了一个办法,他叫民工筑座土城,并在城边挖了条很深的围沟,等天黑时升起火堆,围沟里灌进沸腾的开水。"夹人虫"过来,就纷纷跌入沸水沟里烫死了。

被烫死的"夹人虫"浑身通红,堆积如山,竟透出一股鲜美的香味。巴解闻着后,好奇地取过一只细看,把甲壳掰开来,一闻香味更浓。他想:味道喷香扑鼻,肉不知能不能吃? 便大着胆子咬了一口。谁知味道鲜透，好吃无比。大家见他吃得津津有味，胆子大的民工也跟着吃起来，又惊又喜地说："大家来吃'夹人虫'，味道香极了！"

从此，先民们都不怕"夹人虫"了，被人畏如猛兽的害虫一下成了家喻户晓的美食。大家为了感激敢为天下先的巴解，把他当成勇士崇敬，在解字下面加个虫字，称"夹人虫"为"蟹"，意思是巴解征服了"夹人虫"，是天下第一食蟹人。阳澄湖大闸蟹，由此也名扬四方，久享盛誉。

齐白石国画小品。

大闸蟹怎么吃？
袁枚《随园食单》写道："蟹宜独食，不宜搭配他物，最好以淡盐汤煮之，自剥自食为妙，蒸者味虽全而失之太淡。"

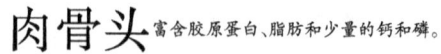

无锡肉骨头

● **食话** ●

这个故事发生在宋朝。这天是除夕,雪花纷飞,寒冷无比。有个叫花子,穿着一身单薄的破道衣,手摇一把夏天用的破蒲扇,一瘸一拐地来到无锡城内。

叫花子走到一家卖熟食的店铺门口,问店小二讨肉吃。店小二心善,当即给了他一块大肉。叫花子吃了一块,又要一块,连吃了三块还不满足,店小二只好让老板陆阿福出来当救兵。

陆阿福为难地说:"店里的肉都给你吃完了,你叫我明天卖什么去啊?"

这个叫花子疯疯癫癫地笑了,说:"好金出在沙子里,好肉出在骨头边。骨头可以卖肉价钱!"说完,叫花子随手撕下几根蒲扇上的筋,叫老板把扇筋同肉骨头一起烧,并说一定好吃。

老板听这叫花子的话倒有几分道理,他半信半疑。来日一早,老板陆阿福便将蒲扇的筋放进锅中,与骨头同炖。谁知,肉骨头煮好刚开锅,陆阿福忽然闻到一股奇香,他揭开锅盖一看,肉骨头已经煮得酥烂,扑鼻的香味随风飘到了街上。

邻居们闻着香气都跑到陆阿福的熟食店里来。陆阿福把锅子里的肉骨头分给大家尝尝,一尝不得了,这肉骨头香喷喷,脆酥酥,滋味十分可口,大伙都啧啧称好。消息传开去,很快轰动了无锡城。人们纷纷跑

无锡肉骨头选取背脊、胸肋骨这两个部位，烧好后酱浓味鲜、肉松骨酥。20世纪30年代，无锡城中三凤桥慎余肉庄对此菜有较大改进，形成现今无锡肉骨头的风味——色泽酱红、香味浓郁、骨酥肉烂。

来买陆阿福的肉骨头，从早到晚，顾客不断，生意越来越兴隆。

后来，人们说，陆阿福遇到的是济公活佛。无锡肉骨头由此出名。

民国时期刺绣，活佛济公图。

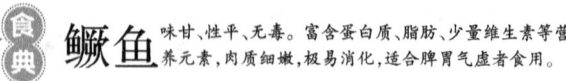

鳜鱼 味甘、性平、无毒。富含蛋白质、脂肪、少量维生素等营养元素,肉质细嫩,极易消化,适合脾胃气虚者食用。

松鼠鳜鱼

● 食话 ●

春秋战国时期,吴王僚荒淫无度。他的堂弟阖闾对吴王恨之入骨,找了一个杀手,想除掉这个祸害。

吴王爱吃鱼,阖闾就关照杀手:"你去学好做鱼的厨艺,我想办法让你混入宫中,专门给吴王做鱼,到时找机会下手。"

杀手刻苦钻研,终于学成厨艺。阖闾看火候已到,就把杀手带到吴王的身边,引荐道:"大王,我为您找到一个好厨子,请他为您做鱼,以表我对您的爱戴之情。"

吴王高兴地留下了杀手。接下来,杀手和阖闾商量道:"吴王非常警惕,最好的时机只有在他吃饭的时候了。我想把匕首藏在鱼的腹中,到时候来个出其不意。"

杀手把匕首塞进鱼腹做试验,发现能看出异样,难逃侍卫的检查。他和阖闾想了半天,终于想出一个主意:把鱼身上的肉切花,入油锅炸,等鱼身上的肉都鼓起来,再往鱼腹里藏匕首,这样就看不出异样了。因为炸好的鳜鱼形如松鼠,将卤汁浇在鳜鱼身上时,还会发出"哧哧"的声音,好像松鼠在吱吱叫。他们就为这道菜起了一个新奇的名字叫"松鼠鳜鱼"。

这天,吴王请阖闾吃饭,笑呵呵地说道:"厨子最近做了一道新菜,叫松鼠鳜鱼,造型奇特,特意让你来开开眼。"阖闾满口答应道:"承蒙大王招待,我一定好好尝尝。"

　　杀手把匕首塞进了松鼠鳜鱼的鱼腹,果然逃过了侍卫的检查,等他端着菜走向吴王时,说时迟那时快,他猛地从鱼腹中抽出匕首,刺中了吴王的胸口。行刺成功了,阖闾当上了新的国君。这道菜也随着故事一起流传了下来。

《刺王僚》(又名《鱼肠剑》),林风眠作。

食典 **猪肉** 味甘咸、性微寒，无毒。为日常食用较多的肉类。能滋阴，润燥，补血。多食易胖。

东坡肉

● 食话 ●

北宋时，几个朝廷大臣以苏东坡的诗句作罪证，污蔑苏东坡反对新法、讥谤宋神宗。于是，苏东坡被关进了大牢。四个月后，他被贬至黄州(今湖北境内)，官职降为黄州团练副使。

来到黄州后，苏东坡开始自己下厨做菜。一次家中来客，苏东坡炖了一锅猪肉，准备招待客人。肉下锅后，便用文火煨着，他与客人下起棋来。二人对弈兴致颇浓，大战三百回合，直到局终，苏东坡才想起锅中之肉。他原以为一锅猪肉一定被烧坏了，急忙赶到厨房，却觉肉香扑鼻。打开锅盖一看，只见块块猪肉色泽红艳，汁浓味醇。苏东坡尝了一块，酥香可口，糯而不腻，绝妙之极。

此菜一上桌，博得了来客的高度评价，顷刻之间，一扫而光。

苏东坡由此受到启发，后来，他又按上回的火候做了此菜，味道和原先一样好，于是，他就常做此菜飨客，还为这道菜写了首打油诗：

> 黄州好猪肉，价贱如粪土，
>
> 富者不肯食，贫者不知煮。
>
> 慢着火，少着水，
>
> 火候足时味自美。

宋神宗死后，苏东坡又被起用，出任杭州知府。苏东坡来到杭州后，修水利、疏湖道；筑长堤、建桥梁；蓄湖水，灌田地。百姓对苏东坡感

苏东坡晚年注重养生,强调清心寡欲,作适量运动。他在《东坡志林·养生说》里写道:"已饥方食,未饱先止。散步逍遥,务令腹空。"

激不尽。

　　这年春节,百姓为了报答苏东坡的爱民之心,纷纷给他送酒送肉。苏东坡见百姓送来这么多的酒肉,便决定把肉做成美味菜肴,与百姓同乐。他吩咐手下人,把肉切成二两重的块,下垫葱姜,上放肉块,加进少量水和酒、糖、酱油、葱、姜等佐料。烧开后,用文火焖制。肉烧好后,再分别装入坛中,送给百姓享用。人们吃到苏东坡赠送的佳肴后,无不称奇,都把这种红烧肉称为"东坡肉"。此后,东坡肉便广为流传。

清代,肉形石,藏于台北故宫。石头酷似一块肥瘦相间的东坡肉。

宋嫂鱼羹

北宋时，在开封黄河边住有一个妇人，大家都喊她"宋五嫂"。宋室南迁时，宋五嫂带着尚未成年的小叔，也南下来到了杭州，在西湖边搭了间茅屋，靠捕鱼为生。

一次，小叔得了重感冒，几天都没好转。宋五嫂心急如焚，正巧这天她抓了一条大鳜鱼，便用椒、姜、酒、醋等佐料烧了一碗鱼羹给小叔吃。说来也怪，小叔喝了这鲜美可口的鱼羹，不久就病愈了，而且再三说这鱼羹好吃。宋五嫂觉得这是个谋生的好法子，便在西湖边上摆了个摊头卖起了鱼羹。

这一天，宋高宗赵构登御舟闲游西湖。逛了半天后，肚子有点饿了，便让随从上岸买点吃的。随从上了岸，听见宋五嫂正在高声叫卖鱼羹，那一口纯正的开封口音引起了随从的乡愁，他当即过去，买了碗鱼羹带到船上给赵构吃。赵构品尝了鱼羹后，大加赞赏，要随从立即去把烧鱼羹的宋五嫂叫上船来。

宋五嫂来到船上，并不知道船上的达官贵人就是当今皇上，直率地说道："您有所不知，若是拿黄河鲤鱼做鱼羹，味道会更鲜美，因为那鱼在黄河里搏风斗浪，肉质鲜活得很；如今这西湖鳜鱼贪图风平浪静，所以身上的肉不如黄河鲤鱼。可惜啊可惜，恐怕是再也回不去了。"说着，宋嫂竟流下泪来。

历史上庖厨多为男性，而在唐宋时期，曾出现较多女厨。宋代廖莹中《江行杂录》记载："京都中下之户，不重生男，每生女则爱护如捧璧擎珠。甫长成，则随其姿质，教以艺业……有所谓身边人、本事人、供过人、针线人、堂前人、剧杂人、拆洗人、琴童、棋童、厨娘。"

赵构心里也是一番感慨，他当即命随从备好笔墨纸张，给宋五嫂写下了"赛蟹羹"三个字。宋五嫂此时才知道，面前这人就是当朝皇上。

皇上品尝宋嫂鱼羹的事情传开了之后，宋嫂鱼羹的名气更响了。她索性开了一个小饭馆，专卖鱼羹，制法上也更为精细：用一斤多重的鳜鱼或鲈鱼，切片后加熟火腿、熟竹笋、水发香菇、鸡蛋黄、葱、姜、胡椒、绍酒、酱油、盐、味精、醋、淀粉、猪油等辅料，拌匀后一起上笼蒸。再将鸡汤烧沸，与蒸好的鱼同煮。这样做得的鱼羹，色泽黄亮，鲜嫩润滑，鲜赛蟹羹，成为杭州城内的一道名菜。

厨娘斫鲙雕砖

北宋，传湖南偃师出土，中国国家博物馆文物。

油　条

南宋时,抗金名将岳飞被奸臣秦桧所害。消息一传开,南宋的军民无不义愤填膺。外地人还能公开咒骂秦桧,可是京城临安(今浙江杭州市)的百姓却连这点自由也没有。因为秦桧是当时的宰相,在临安有他的许多爪牙,所以,人们只好背地里偷偷议论,有的指桑骂槐,有的指鸡骂狗,以泄心中愤恨。

临安城里有一家专卖油炸面点的小铺子,店主虽然与岳飞无亲无故,但一想到岳飞精忠报国,反为卖国奸贼所害,心中之愤实在难平。

这天,店主烧热油锅准备炸馃子,心里暗想:若是能把秦桧也放到油锅里,炸上他几个时辰该多解恨啊。想到这里,他灵机一动,拿起面团,捏做成一男一女两个小人的形状,背靠背粘到一起放进油锅里炸起来。

店主一边炸,嘴里一边叫:"吃油炸桧了!"

路过的人们一听,感到很好奇,纷纷前来问:"油炸桧是什么东西?"他只笑了笑,也不回答,等到他从油锅里捞出几对小面人来,人们心里全明白了:原来他炸的是秦桧夫妇。

大家一见,都觉得店主替他们出了口气。不能吃活秦桧的肉,吃几口假秦桧的肉解解恨也好。于是,人们争相买了"油炸桧"来吃。

可是,做这个的人少,吃的人又多,哪里供得上。店主为了使大家高兴,又叫出了老婆、孩子来捏"秦桧夫妇"。谁知,吃"油炸桧"的人越来越多,还是供不应求。到后来,只好切两条面坯,粘在一起以代替两个小人来炸。

其他饮食店主一见,也争相仿效,做起"油炸桧"来。就这样,几乎整个临安城都出现了"油炸桧"。秦桧也只好假装不知,恨在心里,无计可施。秦桧死后,人们又把"油炸桧"叫"油炸鬼"。

"油炸桧"这个东西从江南传到了北方,一直流传到今天,也就是今日的"油条"。

这张插图选自清末《图画日报》"营业写真"栏目。
图中人头顶一篮油炸桧,沿街叫卖。

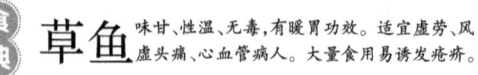

味甘、性温、无毒，有暖胃功效。适宜虚劳、风虚头痛、心血管病人。大量食用易诱发疮疥。

西湖醋鱼

● 食话 ●

据说，在很早以前，西湖岸边住着一家姓宋的兄弟。弟兄二人很有学问，但不愿当官，便在此处以打鱼为生，日子过得也不错。这一年，宋兄娶了个妻子，不但聪明贤慧，而且十分漂亮。

一天，宋嫂到湖边为丈夫和小叔洗衣服，遇到了杭州城里的赵大官人。此人依仗权势，抢男霸女，无恶不作。他见宋嫂美丽动人，就垂涎三尺，一心想弄到手。为了达到目的，他竟然暗中害死了宋兄。这可真是祸从天降，宋弟悲痛欲绝。宋弟为了替兄报仇，便到衙门喊冤告状。哪知，赵家早已出重金买通了官府。宋弟告状不成，反遭毒打。回家后，嫂嫂要小叔赶快逃往他乡，以避赵家毒手。上路之前，嫂嫂为小叔烧了一条鱼，她又加糖又加醋，做好之后，鲜美异常。自从宋兄被害死后，宋弟终日郁郁寡欢、茶饭不思，但吃了嫂嫂做的鱼，觉得滋味特别，竟胃口大开。

嫂嫂望着小叔说："这鱼酸中有甜，甜中有酸。日后，思其酸，要牢记杀兄之仇；思其甜，要力争出头之日，报兄仇，为民造福。"

宋弟逃到外乡之后，牢记嫂嫂的话，发愤攻读，终于取得了功名。衣锦还乡之日，他首先惩办了赵恶霸，既为民除害，又为兄报仇。接着，宋弟派人四处打听嫂嫂的下落，可是，嫂嫂在他出走之后，也逃往他乡了，怎么也打听不到她的下落。

清人徐珂《清稗类钞·饮食类》曰:"杭州西湖酒家,以醋鱼著称。康雍时,有五柳居者,烹饪之术尤佳,游杭者必以得食醋鱼自夸于人。""五柳居"据说是当年宋嫂的酒家名称。

一天,宋弟外出赴宴,席间上了一道鱼菜。他定睛一看,觉得好像是他外逃那年嫂嫂给他做的那种鱼。他连忙夹起一块,一尝,味道竟和嫂嫂当年做的鱼一模一样。饭后,宋弟问起烧鱼之人,请出一看,果然是嫂嫂。原来,宋弟出逃之后,嫂嫂为避免恶棍迫害,便埋名隐姓,在一户官宦人家当起厨娘来。宋弟和嫂嫂重逢之后,便辞官还乡,置些田产,重又过起渔家生活来。

这件事四下传开,宋嫂做鱼的方法也不胫而走。后来,又由民间传到饭馆,成了一道名菜,因这道菜起源于西湖之畔,人们便称此菜为"西湖醋鱼"。

要吃正宗西湖醋鱼,可去西湖旁的老字号"楼外楼"。西湖醋鱼、宋嫂鱼羹、蜜汁火方等菜品独具一格,成为中外旅客必点的杭州名菜。

制作西湖醋鱼的步骤如下:

一、草鱼从尾部下刀,将鱼劈成两半,放入盘中待用;

二、锅中放水、料酒、葱姜,烧开后将鱼放入,转小火烧10分钟后捞出待用;

三、锅中留半斤鱼汤,加糖、醋、酱油,料酒少许,烧开后加水淀粉勾芡,将芡汁均匀浇在鱼的身上,撒上姜末,即成。

食典 豆腐 豆腐高蛋白,低脂肪。具降血压、降血脂、降胆固醇的功效。生熟皆可食,是养生摄生的美食佳品。

鱼头豆腐

● 食话 ●

清朝时,乾隆皇帝来到杭州,悄悄登上吴山游玩。谁料下起了大雨,乾隆就来到山中一户人家屋檐下避雨,他又冷又饿,便想进屋讨点吃的。

主人姓王,人称王小二。他家实在穷不过,拿不出像样的东西招待客人,怎么办呢?王小二便冒雨到院子里拔了点菠菜,又在厨房里找到一块豆腐和一个鱼头,把这三样东西炖熟,端上桌去。

菜上桌之后,乾隆一看菜色鲜艳,香味扑鼻,宫里根本没有这样的菜啊。他尝了一口,十分满意,把一锅都吃完了。雨过天晴,乾隆问过主人姓名,便打道回府。

后来乾隆回京城,让御膳房做这个鱼头豆腐,可没一次能赶上那王小二做的。过了几年,乾隆又去了杭州,派人找来了王小二,问道:"不知这些年日子过得如何?"王小二叹了口气,如实答道:"王小二过年,一年不如一年。"乾隆一听,便说:"你很会烧菜,何不开个饭馆?"乾隆大笔一挥,写下了"皇饭"两字送给了王小二。这王小二不识字,所以到这时也不知来人正是当今天子。

王小二的店开张了,叫"王润兴饭馆",他把乾隆赠的两个字裱好了挂在店里,别人一看,不得了,皇上的御笔!这事儿传开之后,大家都抢破脑袋要去王小二的饭馆里吃饭,王小二得知真相,心中万分感激,就把鱼头豆腐当作店里的招牌菜,狠下一番功夫,越做越精。渐渐地,这道菜成为了杭州城的一道名菜,流传至今。

《乾隆元年肖像》,1700 年郎世宁绘制。

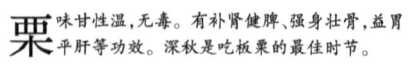

栗 味甘性温，无毒。有补肾健脾、强身壮骨，益胃平肝等功效。深秋是吃板栗的最佳时节。

桂花鲜栗羹

● 食话 ●

唐明皇是一位风流天子，凡事讲究奢华，喜欢歌舞音乐，每逢节日一定要大宴群臣，歌舞升平一番。这一年的中秋佳节，他令全国上下不分贵贱，不惜金钱，都要举行赏月大会。到了中秋这天晚上，只见明月初升，唐明皇开始赏月。身边鼓乐齐鸣，宫女齐舞，唐明皇乐不可言。

人间赏月的歌舞声传到了月宫。广寒宫里孤苦寂寞的嫦娥听到这歌声，心思不由也动了起来，便问吴刚这声音是哪里传来的。吴刚告诉她，这是来自人间的歌乐。嫦娥凝望人间，被人间的热闹气氛所感染，禁不住翩翩起舞。吴刚见状，想为嫦娥伴奏，可是他只会砍树，只好用木棍敲击桂树。嫦娥越跳越快，吴刚也越敲越起劲，把整棵桂树都敲得震动起来了。不一会儿，树底下便落满了一层桂子。

嫦娥情绪高涨，忽然想到，何不将这桂子撒到人间，让百姓同享这天香入骨的桂子呢？嫦娥见苏杭二州风景秀丽，各色园林巧夺天工，心里看了欢喜，就将桂子纷纷投下。

此时，在杭州灵隐寺里的烧饭师傅正在熬栗子粥，看见许多桂子从月中落下，十分惊讶。他拾起来一闻，一股奇香沁人心脾。师傅灵机一动，便将桂子放入栗子粥中，又将剩余的桂子拾起，放在筐里收了起来。

第二天一早，寺庙里的和尚吃了这带有桂子的栗子粥，觉得味道和平时不一样，特别好吃，就问师傅是怎么做出来的。师傅把昨夜看到的情景告诉大家,大家都十分惊异。师傅又提议,把他没用完的桂子栽种在西湖边上,让平民百姓都见识一下月宫中的桂树,闻闻这桂花的香气。

第二年中秋节,种下去的桂子长成了桂树,开了桂花。从此,西湖四周就长了许多金桂、银桂、丹桂。每当桂花绽放的时节,各色花朵艳丽多彩,芳香宜人。灵隐寺的僧人用桂花做栗子粥给游客们吃,"桂花鲜栗羹"从寺内传到寺外,经改朝换代而盛名不衰。

民间剪纸作品,嫦娥。

绍兴醉鸡

● 食话 ●

很久以前,在浙江的五夫村里,住着弟兄三人,父母都早早过世了。三兄弟互敬互爱,日子过得挺和睦。后来,三兄弟陆续结了婚。老大、老二娶的都是富人家的姑娘,她们嫁妆不少,但不太会料理家务。老三娶的是穷人家的姑娘,虽然没有嫁妆,可是心灵手巧,十分能干,总是默默地操持家务,把事情安排得井井有条。大哥、二哥看在眼里,有心想叫她当家理财,但又担心自己的两位媳妇有意见。后来,三兄弟想出一个办法:让三妯娌比赛一下,谁赢了就让谁当家。比赛内容就是看谁把鸡做得最好吃。条件是每人一只鸡,但不准加油,不准用其他菜来配,三天后三个人同时拿出自己做好的鸡,让大家品评。

三天后,三兄弟围桌坐下,叫三妯娌把做好的鸡端上来。只见大媳妇兴冲冲地端了一锅清炖鸡,汤很鲜美,但是鸡肉很柴,三位兄弟吃后没有吭声。

二媳妇端上一盘白切鸡,很爽口,也有嚼劲,但味道又淡了,大家尝后也没说什么。

轮到三媳妇,只见她端上一个大盖碗。一揭开碗盖,一股诱人的清香立刻飘满了房间,让人食欲大振。三位兄弟急忙动筷,只觉得鸡肉又鲜又嫩,吃到嘴里满口生香。两位嫂子也忍不住一人夹了一块鸡肉放在嘴里,果然酒香扑鼻,别有一番风味。大家都称赞三媳妇的鸡做得好吃,两位嫂子也心悦诚服。从此,三媳妇就名正言顺地当了家。

大家都想知道三媳妇的鸡是怎样做的,三媳妇就大方地说了出来:首先,将杀好的鸡洗干净;烧半锅水,放入适量的葱、姜,水开后,把鸡放入锅内煮;煮至鸡肉离骨时,取出鸡,在鸡身内外薄薄地抹一层盐;把鸡晾凉后,斩成小块,码入干净的盆中,再倒入黄酒,黄酒要没过鸡块,将盆盖严,腌两天即可。吃的时候酒香扑鼻,鲜美无比。

大嫂听完,说道:"这种鸡是用酒醉出来的,我们就叫它'醉鸡'好了。"众人都纷纷赞同。这道菜后来成为了绍兴人喜爱的一道美食,与勤劳的三媳妇的故事一起流传到今天。

蟹黄汤包

传说在远古年间,有只螃蟹精,因在天宫调戏仙女,被玉皇大帝打入凡间,流落到楚州河下镇(今淮安)的肖湖里。

螃蟹精住进肖湖后,本性不改,继续作恶。它横行霸道,呼风唤雨,使得肖湖碧水变浊变黑,污水不断上涨,到处是一片汪洋,老百姓叫苦不迭。

一天,螃蟹精变成白发苍苍的老人,踏着浪花而来,对镇主说:"要让洪水不涨,每年九月重阳选好三个民女,送到肖湖中间。"镇主以为是天神显灵,怕降罪下来,自命不保,连声允诺:"行,行!一定照办。"河下镇的百姓听了,都怒目瞪眼,恨死了螃蟹精。

之后,每年一到重阳,镇主就逼着穷苦百姓献出三个民女,送给螃蟹精。无数民女被活活投入湖中,断送了青春。

岁岁有重阳,又到了祭送民女的悲日。只见镇主高站在台上,大声呼喊:"祭典开始……"就在这时,人群中冲出一名叫文楼的壮士,他跳上高台,一拳打倒镇主,救下三个民女,气愤地说:"我们不能再让自己的亲人去送死了!"

文楼正说着,只见一个晴天霹雳,刹那间暴雨倾盆。他明白是螃蟹精在作怪,决心舍身为民除害。文楼拿起早已准备好的八百斤重的青龙宝刀,潜伏在湖边灵王庙里,等待着螃蟹精的出现。过了一会儿,螃

蟹精乘风而来,文楼咬紧牙关,运足气力,挥着青龙宝刀,对准螃蟹精砍
去。他们搏斗了三十多个回合,不分上下。最后,文楼拿出九牛二虎之
力,乘螃蟹精转身之时挥舞起青龙宝刀,对准它的脑门砍去,手起刀落,
将螃蟹精斩于庙前。螃蟹精虽然被除掉了,但英勇的文楼由于流血过
多,也去世了。

　　河下镇的百姓见恩人文楼死了,都放声大哭。人们为了永远纪念
这位壮士,便在河下镇修建了一座雄伟的楼阁,取名文楼。为了替壮士
复仇,家家户户手执刀斧,到灵王庙前斩去螃蟹精的铁钳毛爪,撬开盔
甲上盖,挖出螃蟹精的黄油白肉,做成蟹黄肉馅,用白面皮包而食之。
纪念文楼而做的蟹黄汤包,也成了一道名吃,流传至今。

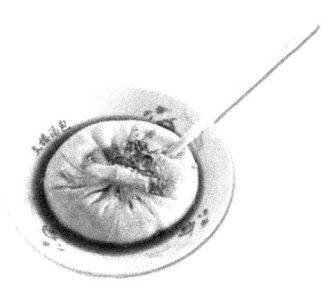

文楼汤包皮薄、个大、汤汁饱满,吃时用吸管吮汤,可谓一绝。

扬州狮子头

隋朝的时候,扬州是隋炀帝最喜欢去的地方。这年三月,隋炀帝又带着人马,沿着运河坐船一路往扬州而去。

到了扬州,隋炀帝在大臣们的陪同下到扬州最有名的四大风景地——万松山、金钱墩、象牙林、葵花岗游玩,非常尽兴。

晚上回到行宫,下人请示隋炀帝说:"皇上晚上想吃点儿什么?"

隋炀帝想了老半天,才说:"朕白天看了扬州的四大美景,感觉很好,就叫厨子以此为题做个四景菜吧。"

给隋炀帝做菜的厨子们都是高手,可一听太监传达的圣旨,还是被难住了。御厨头叫人赶紧把扬州地方有名的王厨子请来,一起帮助做这四个菜。

王厨子来了以后,与其他的厨子一起想办法,总算是做好了前三个菜,分别是松鼠鳜鱼、金钱虾饼、象牙鸡条,但是到葵花岗时,怎么做这道菜成了个难题。王厨子绞尽脑汁终于想出个办法——把肥肉与瘦肉斩碎,揉合在一起做成一个大肉丸子,把做好的丸子放在锅里一蒸,肥肉化了,瘦肉支棱起来,像葵花头似的。王厨子给这道菜起名葵花斩肉,总算是合了葵花岗这个地名。

晚上吃饭的时候,隋炀帝对其他三个菜都没什么评价,唯独十分欣赏葵花斩肉。因为有了这个菜,别的厨子才没有被罚,躲过一劫。隋炀帝还特意叫人把王厨子找来,赏赐了他黄金百两。从此以后,葵花斩肉这个菜就流传开了。

这道葵花斩肉传至唐代,一天,郇国公韦陟宴客,府中的名厨韦巨源也做了扬州的"四景菜",并伴以山珍海味、水陆奇珍,令座中宾客无不叹为观止。尤其是一道"葵花斩肉"更是精美绝伦,烹制成熟后的肉丸表面的肥肉末大多已溶化,而瘦肉末则显得凸起,乍一看,犹如雄师之头。宾客们乘机劝酒道:"郇国公半身戎马,战功彪炳,应佩狮子帅印。"韦陟高兴地举杯一饮而尽,说:"为纪念今日盛会,'葵花斩肉'不如改为'狮子头'。"扬州狮子头的名字就这样流传至今。

要做出正宗的扬州狮子头,要点有三:

一、用五花肉,三肥七瘦;

二、用片刀将肉切成碎粒,加葱、姜、盐等佐料,加一个蛋清和匀;

三、将腌制好的肉捏成拳头大的肉圆,下锅用小火清蒸两个小时。

这样的狮子头,梁实秋先生曾品评道:"不能用筷子夹,要用羹匙舀,其嫩有如豆腐。"

水晶肴肉

● 食话 ●

有一天,张果老接到王母娘娘的邀请,让他去瑶池赴蟠桃会。张果老就倒骑上他的小毛驴上路了。

张果老正在赶路呢,忽然闻到一股奇香从人间飘来。不知为什么,一闻到这股诱人的异香,张果老感到腹中饥饿,去瑶池的兴趣都没了。他踌躇了一会儿,拨转驴头,按下云头,变成普通的白胡子老头,顺着香味,来到镇江酒海街一家小酒店的门前。

这个小酒店是个夫妻店。这天,两口子正在发愁,原来,前几天妻子上街买了一包硝,准备去娘家时带给父亲做鞭炮用,没想到三天前这包硝竟被丈夫当成盐腌了猪蹄髈,直到今天早上,妻子才发现。

两口子一看,这四个猪蹄髈不但腌得板扎,而且肉色红润鲜艳,比用盐腌的还好。怎么办?吃吧,怕有毒;丢吧,又有点舍不得。

妻子对丈夫说:"这样吧,你把它用清水泡泡,用文火多煮会儿,咱们自己吃吧。"妻子说完,就打来了水。

两个人把蹄髈泡了又泡,洗了又洗,再加上葱、姜、花椒、大料,煮了起来。煮好一开锅,屋子里弥漫着一股特别的香味。这时已经到了开店门的时间,两口子急忙开了店门。

店门一开,香味飘到街上,四邻八舍闻到这股异香,纷纷跑来打听。妻子边从锅里捞猪蹄髈,边向争着要吃的人解释:"这蹄髈错放了硝,不能吃。"

正在这时,张果老变成的白胡子老头跨进店来,他分开众人,一把抢过蹄髈,嘴里大声说:"不管能不能吃,我都包了!"

"不行!那是硝腌的肉,不能当菜的。"妻子一见,着急地说。

"不当菜,正好搭茶。"老头一手掏出一锭银子来,另一只手已抓起蹄髈吃起来,"我是闻到香味特地赶来的,随你说什么,我是非吃不可!"

夫妇二人见老头毫不理会他们的劝说,只好又拿来姜丝、香醋,让老头蘸着调料吃。老头边大口大口地吃,边赞不绝口。老头吃饱后,走出店门哈哈大笑,倒骑毛驴扬长而去。人们这才知道,这老头是张果老变的。

老头走后,夫妻俩和众邻人一尝那剩余的蹄髈,都说味美。自此以后,他们就用此法制起硝肉来,每天顾客盈门,生意格外兴隆。夫妻店的硝肉很快就出了名。后来,人们嫌"硝肉"不雅,便将这道菜改名为"水晶肴肉"。

民间剪纸作品,张果老倒骑毛驴。

叫花鸡

很久以前在江苏常熟城外，有个叫花子，已经两天没吃到东西了，再这么饿下去，恐怕命不久矣。傍晚，叫花子坐在水塘边的大树底下饿着肚子发愁，忽然，一只腿受伤的老母鸡一瘸一拐地走到他的身边。这真是天赐美食，叫花子怎能错过这么好的机会？他一把捉住鸡，拧断了鸡的脖子。可是怎么吃呢？叫花子没有锅和灶，急得双脚跳。忽然，他灵光一现，对，用火烧！于是他赶紧找来了柴禾和树枝，刚要点火，一想不行，这样不得把鸡烧成炭？怎么办呢？他一下子想到烧毛豆时，豆荚皮虽然烧糊了，可是豆粒还是又香又嫩。要是把鸡也用什么东西包起来烧不就行了吗？看到眼前的水塘，叫花子就想到了用泥巴糊，于是就把鸡拿到水塘边抹上了一层泥，然后点火烧了起来。

不大工夫，泥干鸡熟，香味冒了出来。叫花子迫不及待地剥去泥层，竟然毛泥尽落，露出白嫩的鸡肉，奇香诱人。他撕了一只鸡腿，大口吃了起来。

正当叫花子吃得狼吞虎咽时，只听身后一个人喝道："喂，你吃什么呢？这么香！"叫花子吓了一大跳，回头一看，见两个人正站在他身后看他吃鸡。细问之下，才知他们是附近开饭馆的老板，这天正在研究新菜式，忽然闻到一股异香，便过来问个究竟。叫花子把烤鸡的方法说了一遍，两人一听惊喜不已，当即把叫花子带回饭馆，让他第二天用同样的方法烤一只鸡尝尝。

第二天,叫花子用同样的方法又烤了一只鸡,众人尝过纷纷叫好。后来,这个小饭馆就用这种方法烤鸡,大受欢迎。不久,这道菜便闻名常熟,小店的生意也兴隆起来。其他饭馆一见,也纷纷学做这道菜,于是,这道菜的做法便越传越远。

由于这道菜是叫花子最先发明的,人们便称之为"叫花子鸡"。有些地方觉得"叫花子"不雅,也有称此道菜为"教化鸡"的。

乌镇姑嫂饼

一百多年前,乌镇有对姓方的夫妻,他们俩开了家小小的糕饼店,取名为"天顺酥饼店"。夫妻俩仿照酥糖的配料,用炒过的面粉、熬过的白糖、去壳的芝麻、煎熬的猪油,一起精心拌匀,放在木蒸笼里蒸煮,然后做成一个个比棋子略大的小酥饼。

小店开张后,生意越做越大,到他们的儿子讨媳妇的时候,酥饼店已经由一间门面扩大到两间了。

生意场上有句话叫"同业者相妒",乌镇有好几家大的糕饼作坊,眼见着这家小店靠几只酥饼就挣了大钱,想方设法要去破坏他们的生意。到后来竟想去偷方子,抢生意。天顺酥饼店的夫妻俩为了保住生计,就定出条规矩来:从今往后,自己亲手配料,自家人动手制作;工具不能外借;糕饼的方子只传儿子、媳妇,不传姑娘,因为姑娘将来要出嫁,制饼的秘密就要保不牢。

规矩一出来,姑娘想想不服气,在娘耳边嘀咕道:"妈,阿嫂是别家人,技术倒传给她;我是亲生囡,却不让学。爹定的规矩不公平!"

娘只好安慰道:"你爹是秤砣心,他想做方,谁也别想叫他改圆。我也没办法。"

从此,姑娘对阿嫂更加妒忌。一回,姑娘趁阿嫂走开,急忙到灶间里去抓了一把盐,在粉料里拌了拌。她想,这回阿嫂做出来的饼,一定

咸得很，看爹今后还教不教她！哪知道，这次做出来的小酥饼，销路却
特别好，吃到这种饼的顾客，个个赞不绝口，都说这次的小酥饼油而不
腻、酥而不散、既香又糯、甜中带咸，特别可口。这样一来，天顺酥饼店
的生意更加兴隆了。

夫妻俩从中受到启发，就借题发挥，说这饼是他们家姑娘和阿嫂俩
合力配料制成的，并将饼的名称改为"姑嫂饼"。乌镇姑嫂饼的名声就
这样传了出去。

后来，天顺酥饼店的门面越开越大，单传儿子媳妇不传姑娘的规定
也取消了。

性寒,味甘。滋阴补虚,易于消化,所含 B 族维生素和维生素 E 较其他肉类多,能有效抵抗多种炎症,并能抗衰老。鸭肉中含有较为丰富的烟酸,对心脏疾病患者有保护作用。

南京板鸭

● 食话 ●

五六百年前,离南京不远有个地方叫湖熟。那里有个大湖,芦苇丛生,住人不多,野鸭满天飞。

在北方,有一户回民,弟兄二人相依为命。这两兄弟干活是好身手,打猎是好枪手,可就是一年到头替财主老爷忙,到头来还是两手空空。

这天,哥哥跟弟弟商量:"咱们光听别人说,外面怎么怎么好,我们要不要去闯一闯,见识见识?"

弟弟点点头道:"好,说不定能闯出个名堂来!"

弟兄二人主意拿定就出发了。他们朝着东边一直走一直走,走了也不知多少日子,终于来到了一个大湖边。

哥哥发话了:"这地方有山有水,天气暖和,我们就在这里落脚吧!"

弟弟早就累得走不动了,点头说好,两人就在岸边搭个芦苇棚住下。一打听,原来这地方叫湖熟。

湖熟地方虽好,可兄弟俩是外地人,无根无攀。种田吧,没地;做买卖吧,没本。怎么过呢? 弟弟发愁了。哥哥说:"不怕,一根茅草还顶颗露水珠哩! 路是人找的!"

哥哥背起猎枪,沿着大湖转了三圈,背回来一大串野鸭子。弟弟一见,眼睛亮了,高兴地叫了起来:"这野鸭是天上飞的,不要本钱,我们饿不死了!"

从此,弟兄俩就靠打野鸭为生。弟兄俩枪法好,只要出门,从不会空手而归。生的卖不完,他们就放佐料烧熟;熟的卖不完,干脆上缸腌。一年、两年,那缸里的老卤越来越浓,卤出来的野鸭也越来越香。

好景不长,湖熟连遇了几年干旱,沿岸的地主又不断地填湖造田,野鸭越来越少。眼看着自家生计要断,弟弟又犯了愁,茶饭不香。

哥哥宽慰弟弟说:"野鸭打不成,我们改养家鸭,不就行了吗?"

弟弟擦干眼泪,同哥哥一起养起家鸭来。等秋天割了稻,这些鸭子吃饱了田里剩的稻粒,长得油光水亮,又肥又嫩;烧好后挂出来,用竹片将鸭子撑开,吹干晾透;吃时用文火煮,一刀切开,香味扑鼻。因为这种鸭是小雪节气后腌制的,腌制时间较长,鸭子被撑开后像一块块板,所以兄弟俩就把这些鸭子叫做"板鸭"。

湖熟板鸭一出名,金陵城里的人都下来买。弟兄俩商议,为啥不去金陵开个板鸭店呢? 当弟兄俩兴冲冲地来到金陵,还没落脚哩,地头蛇就找上门来了:"卖板鸭的,可晓得我们金陵的规矩吗?"

弟兄两个莫名其妙地问:"什么规矩?"

地头蛇冷笑着说:"要进金陵,先教手艺!"

弟兄俩胆战心惊,无奈之下,只好把做板鸭的手艺教给了他们。

从此,金陵人也做起板鸭来了。可是怪得很,味道总不及湖熟板鸭好。为什么呢? 有人说,是湖熟的水甜;有人说,是湖熟的鸭子嫩;也有人说,是当初那弟兄俩被逼着传手艺时,心里气不过,暗暗留了一手。

到底怎么回事,谁也不知道了,只知道这板鸭一直流传到今天,成了大家都喜欢吃的南京板鸭。

屯溪臭鳜鱼

● 食话 ●

　　清朝年间，安徽屯溪镇有一户黄姓人家，有兄弟三个。黄老大是卖竹器的，黄老二开了个酒楼。黄老三脑子最活，胆子也大，他看到转运货物这个行当很挣钱，就买上几条船做起了运货生意。

　　屯溪是山区，水产很少。黄老三每次到山外做生意的时候，总想着给家里人带点水产回来，叫家里人也尝个鲜，可是，因为路途遥远，赶回屯溪的时候，这些水产品基本都发臭了。

　　这年秋天，黄老三又向山外运货，到了长江边上，正是捕捞鳜鱼的时节，黄老三在长江边的酒楼里吃过清蒸鳜鱼，知道这鱼特别好吃，心里就想：我得带点儿回去给家里人尝尝。想起原来带鱼的教训，他这次特意向长江上的渔船直接买刚刚捕捞上来的活鳜鱼。黄老三想，只要路上勤换水，到家里这鱼说不定还活着呢。就这样，他买了两大木桶的鳜鱼就往回走。头两天还好，到了第三天晚上，他打开木桶一看，鳜鱼全死了。离家还有四五天的路程，这可怎么办？黄老三到底是生意人，他脑子一转，就找到客栈的掌柜，和人家商量能不能把这些死鳜鱼买去。客栈掌柜的一听，说："我给你出个主意，你用盐把鳜鱼腌起来，变成咸鱼不就坏不了了吗？"黄老三一拍脑袋说："好主意啊，我怎么没想到呢？"黄老三急忙买来食盐，把两桶鳜鱼全都腌上了。

　　几天之后，黄老三终于回到了屯溪，他找到自己的两个哥哥说："这回我真把鳜鱼给你们带回来了。"黄老大和黄老二一看，木桶里鳜鱼的鱼鳃还红着呢，虽然看上去没坏，但还是有一股特殊的味道。黄老二就说："这样吧，我用油炸一下，看看味道怎么样。"

黄老二拎出两条鳜鱼，找来自己酒楼的厨子，和他说："你把这鱼用油炸一下，想办法做得好吃一点。"厨子答应了，拎着鱼走了。

厨子回到厨房，先用热油把鳜鱼炸了，又加入佐料、高汤，用小火炖，一会儿的工夫，这鱼竟香气扑鼻。

这种臭鳜鱼被酒楼的客人品尝到后，都觉得有一种特殊的香味，这种香味用新鲜的鱼无论如何也做不出来。

从此以后，屯溪的臭鳜鱼越来越有名，被很多人津津乐道，都说它的名字虽然臭，但是吃起来却很香哩。

八大山人所作鳜鱼图，有种苦大仇深之状，岂知自己即将果他人之腹乎？

油煎毛豆腐

元朝末年,在安徽凤阳有个叫朱元璋的年轻人,自幼父母双亡,在一户姓万的地主家里当长工。

朱元璋白天要到山上放牛,晚上回来还要跟另一个李大叔一起做豆腐,根本没时间休息,稍有怠慢就会被打。李大叔看他可怜,总是帮他一把。一次,朱元璋咬牙切齿地说道:"等将来我翻身了,第一个收拾的就是万地主这个王八蛋!"李大叔急忙捂住朱元璋的嘴,小声说:"别瞎说,让万地主知道了,他会扒了你的皮!"

这天,朱元璋在放牛,他实在太累了,竟不知不觉地坐在树下睡着了。牛群跑到了玉米地里,把玉米都吃了,直到旁边有人发现,朱元璋这才醒了过来,他赶紧跑到地里把牛群赶了出来,知道自己闯下了大祸。

朱元璋自知万地主不会轻饶自己,就偷偷地离开了万地主家,来到附近的土地庙里躲藏。李大叔好心,隔几天就悄悄地给朱元璋送点豆腐充饥,他总是把豆腐塞在土地庙的草垛里,朱元璋等天黑了再去拿。

没过多久,朱元璋发烧了,一动不动地躺了好几天。等到朱元璋的病好了,他第一件事就是跑到草垛那里去拿豆腐。谁知豆腐放了那么久,已经长毛了。朱元璋舍不得扔,还是把豆腐拿了回去。

朱元璋对着那几块豆腐左看右看,忽然灵机一动,想出了一个办

汪曾祺在《豆腐》一文中写道:"在安徽屯溪吃过霉豆腐,长条豆腐,长了二寸长的白色的绒毛,在平底锅中煎熟,蘸酱油辣椒青蒜吃。凡到屯溪者,都要去尝尝。"

法。他问庙外煎油条的摊主要了点剩油,又找了只破铁锅,把油烧热了,把长了毛的豆腐放到里面煎。豆腐煎熟了,朱元璋拿起一块,吃了一口,忍不住大叫起来:"怎么这么好吃啊!"说着,三口两口把豆腐塞进嘴里,连话都说不出来了。

几年之后,朱元璋带领农民起义,打了大胜仗。驻扎安营之后,朱元璋就命令军队里的厨子制作油煎毛豆腐犒劳三军。大家尝了纷纷称奇,都说好吃。又过了几年,朱元璋当上了皇帝,他还是对油煎毛豆腐念念不忘。小小毛豆腐摇身一变,变成了宫廷菜肴。

传说中朱元璋长相异于常人,满脸麻子。真可谓是奇人自有奇相。

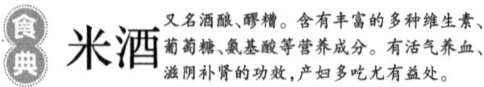

三杯鸡

● 食话 ●

南宋末年，江西出了个民族英雄，叫文天祥。他抗元被俘，老百姓都十分悲痛。

当时民间有传言，说文天祥已被行刑。一位七十多岁的老婆婆听到后，手拄拐杖，提着一只鸡和一壶米酒，来到牢狱门外，想祭奠文天祥。

谁知狱卒告诉老婆婆，文天祥还活着，刑期是第二天。老婆婆见文天祥还活着，后悔自己没带只熟鸡来，只好请求狱卒帮忙。那狱卒本就是江西人，心中也很钦佩文天祥，老婆婆的举动让他深受感动。想到第二天就要对文天祥行刑，狱卒的心里也很难过，就决定用老婆婆带来的鸡和米酒，为文天祥做一顿像样的菜肴，以示敬仰之情。

于是，狱卒和老婆婆把鸡杀了，收拾好，切成块，找来一个瓦钵，把鸡块放入钵内；又把老婆婆带来的米酒倒了三杯进去，加点盐，充作调料和汤汁；再用几块砖头架起瓦钵，用小火慢慢煨制。过了一个时辰，他们揭盖一看，鸡肉酥烂，香味四溢。二人哭着把这碗鸡端到文天祥面前，为他送行。

后来，那狱卒回到了老家江西，每逢文天祥被害的这一天，他一定会用三杯米酒，煨上一只鸡，来祭奠文天祥。

用米酒煨出来的鸡特别鲜美，这道菜便在江西一带流传开来，逐渐成为名菜。

　　有些厨子为了改善口味,又将三杯鸡的做法稍作改动:把三杯米酒改为一杯米酒、一杯酱油、一杯麻油。用这三杯佐料和鸡块一并倒入瓦钵内,然后加入少许凉水,文火慢煨,直至鸡肉变酥。

正宗三杯鸡的做法:
一、鸡块汆水捞出沥干;
二、炒锅加热,倒入麻油(或加一些花生油),放入葱姜蒜粒煸出香味;
三、放入鸡块炒至变色,然后倒入米酒、酱油和冰糖,大火煮开后,改小火盖锅盖焖煮。煮至汤汁浓稠,放入九层塔(新鲜罗勒)快速翻炒均匀即可。

小绍兴白斩鸡

解放前的一个初夏,有一个叫章润牛的少年和妹妹章如花一起,从乡下逃难来到上海。为了糊口,他们不得不做一些小买卖维持生计。章氏兄妹的买卖十分简单,他们把一些鸡鸭的下脚料按照家乡风味加工成熟食后,提着篮子沿街叫卖。就这样过了好几年,他们也攒下了一些钱,于是就在"大世界"附近的云南路摆了一个小摊,专卖白斩鸡和用鸡骨汤熬成的粥。章氏兄妹是绍兴人,卖的白斩鸡又是绍兴阉鸡,所以吃客都叫他们"小绍兴"。时间久了,小绍兴不但成了他们的外号,也成了摊名。

小绍兴的摊位刚开始规模很小,但由于章氏兄妹精心钻研烧鸡技术,他们的小吃摊在云南路上逐渐有了点名气,生意渐渐有了起色。当时,经常有一些地痞流氓和警察到小绍兴这来吃吃白食,有时还要顺手牵走几只鸡。

一天,两个警察又来小绍兴这吃白食。章氏兄妹无可奈何,只好去给他们拿鸡,但从烧锅里取出鸡的时候,不小心把鸡掉在了地上。哥哥章润牛心急慌忙,见边上刚好放着一桶冰井水,就将鸡捡起来放在冰井水里洗了一下。不料,警察吃了说这只鸡特别好吃,和以前的风味有所不同,还想再吃。哥哥章润牛十分惊讶,他细细回想,觉得大概与那桶冰井水有关。

袁枚《随园食单》:"肥鸡白片,自是太羹元酒之味,尤宜于下乡,村人旅店烹饪不及之时,最为省便。煮时水不可多。""太羹元酒"指的是不添加任何五味,吃食物的原味。

　　后来章氏兄妹如法炮制,把烧好的鸡都放入冰井水中浸泡片刻,这种独特的方法使小绍兴的白斩鸡皮脆肉嫩,名声大噪。接着,他们又在火候、调料等方面下了一些功夫,使小绍兴白斩鸡更加鲜美,吸引了大批顾客。当时的一些著名演员,如周信芳、盖叫天等人在附近戏院演完戏后,也经常来小绍兴这儿吃夜宵,小绍兴的名气就这样大了起来,名扬上海滩。

华南篇

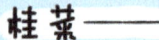

桂菜——

取料奇特，独具个性。制作考究，讲究原料鲜活。受粤菜影响很深，口味清爽而又喜好辣味。

桂林米粉

广　西

海南

粤菜——

广东四季常青，物产富饶，选料精细广泛，口味清而不淡。广东的小食、点心制作精巧，像广州的早茶，潮州的功夫茶，已经超出"吃"的范畴，成为广东的饮食文化。

水晶凤爪

福建

台湾

潮州

盐焗鸡

及第粥

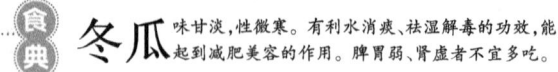

老婆饼

● 食话 ●

清朝末年,在广州有一间茶楼,因为做的点心和饼食特别好吃,天天都是顾客盈门。这天,茶楼里一位来自潮州的点心师傅,把店里各式各样的招牌茶点带回家给老婆吃。本来他以为老婆会说好吃,谁知他老婆吃了之后,不但没称赞店里的点心好吃,甚至还有点嫌弃地说:"你们这茶楼的点心怎么会那么平淡无奇,真是没一样比得上我娘家的点心——冬瓜角!"

点心师傅听了之后,心里自然很不服气,就叫他老婆做两个"冬瓜角"出来给他尝尝。他老婆立刻就用冬瓜茸、糖、面粉,做出了焦黄别致的"冬瓜角"。点心师傅一吃,风味果然清甜可口,绝非自家茶楼的那些点心可比,不禁连连称赞。

隔日,这位点心师傅就将他老婆做的"冬瓜角"带回茶楼,请大家品尝,而且还卖了个关子,故意不告诉大家这是哪里做的点心,让大家先吃。茶楼老板吃完后赞不绝口,问:"这是哪一间茶楼做的点心,竟然那么可口?"点心师傅得意地说:"是我那潮州老婆做的!"于是老板说:"那么这个点心就叫'潮州老婆饼'吧。"之后,老板又请这位点心师傅将冬瓜角的配方进行改良。点心师傅经过苦思冥想,在油酥皮上下了一番苦功,将层层叠叠、薄如棉纸的油酥皮做得酥松分明,香脆可口。

不久之后,"潮州老婆饼"正式在茶楼出售,吃客好评如潮。"潮州老婆饼"的名气也渐渐地传了出去。

潮州老婆饼是广州名店莲香茶楼的看家点心,其雅号又称"冬茸饼"。

水晶凤爪

清末年间,在广东的雷州半岛,有一对恩爱的夫妇,以替人操办酒宴为生。他们还有三个孩子,一家人的日子过得和睦又安定。

妻子发现,许多人都喜欢用鸡爪来当配酒菜,于是她开始尝试着用娘家的祖传秘方来烧鸡爪。煮好鸡爪后,妻子还会端出来送给街坊邻居们品尝,然后根据大家的意见继续改进。

就在一家人和和美美的时候,妻子忽然身染重病,没过多久就去世了。丈夫悲痛之余,把对妻子的思念寄托在他们的三个孩子身上。为了更好地抚养三个孩子,丈夫决心好好研究厨艺。功夫不负有心人,丈夫逐渐成为这一带闻名的厨师,谁家要办酒水,第一个想到的总是喊他去操办。

一天,县里摆了一个美食擂台,丈夫决定替妻子完成生前的愿望,就用妻子研究出的方法来煮鸡爪,去参加美食擂台。丈夫一遍又一遍地改良鸡爪的配方,自己也不知道煮了多少鸡爪。一天,丈夫又煮了一大锅鸡爪,因为量实在太多,而且天气又热,他担心时间一长鸡爪会坏掉,就从自家后山取了一桶冰凉的山泉,然后把所有的鸡爪都放进冰冰的山泉里浸泡起来。

第二天,丈夫发现被冰山泉浸泡过的鸡爪皮色晶莹剔透,他好奇地拿起一只尝了尝,顿时惊讶万分,他没想到,用自家冰凉山泉水浸泡之后的鸡爪,表皮晶莹剔透,肉质鲜嫩爽滑,好吃极了!

在美食擂台的当天,丈夫信心十足,带着他独家秘制的鸡爪去参加擂台了。当着乡亲们的面,他拿出了制作好的鸡爪,还给它起了个好听的名字——水晶凤爪!

众人尝过之后赞不绝口,让丈夫当上了擂主。在丈夫不断地改进配方和悉心经营下,这道水晶凤爪便成了广东地区家喻户晓的特色美食。

梅菜 广东惠州的特产，又称为"惠州贡菜"。新鲜的梅菜经过晾晒、腌制等多道工序制成，色泽金黄、香气扑鼻。有消滞健胃、降脂降压等保健功效，是天然的健康食品。

梅菜扣肉

● 食话 ●

明末农民起义，大批住在中原的客家人为了避开战乱，纷纷举家南迁。有一个叫卢公的客家人也带着妻儿家人南迁，到了循州北面，他发现了一块方圆十里的平坦土地，地势开阔，小溪流水穿越其中，他们就在这儿定居了下来。

卢公的夫人何氏，原是大户人家的千金，知书达理、为人善良。卢夫人生了五个孩子，都是嗷嗷待哺的年纪，因为兵荒马乱，家中的积蓄差不多都花完了，就凭卢公种田养家，日子过得半饥半饱。

这一天，卢夫人在河边洗衣裳，五个孩子饥肠辘辘，一个劲地哭着要吃饭。卢夫人不禁心一酸，眼泪"啪嗒、啪嗒"地掉进了溪水中。就在这时，一阵清风吹过，飘来彩云一朵，一个慈眉善目的仙姑忽然出现在卢夫人的眼前。仙姑走上前，抚慰道："夫人莫伤心，善心人自有皇天护佑。我有菜种一包，是广济苍生之物，你若将菜种播下，春节前就可收获，届时一家可得温饱！"话音刚落，仙姑就急着要走。卢夫人急忙跪谢，追问道："姑娘姓甚名谁，日后好生报答。"仙姑笑着答道："广济苍生何劳报答，姓梅也。"随即就飘然而去。

卢夫人得了仙姑给的菜种，她在秋分那天将种子播下了。没过几天，就看见了绿油油、齐刷刷的菜苗，长得特别苗壮。卢夫人和卢公两人连日将菜苗移栽到宽阔的土地上，一连几天，一口气种了一亩多地。

他们精心地浇水、施肥，转眼到了腊月，这些菜果然如同仙姑所说，长得又大又肥，一颗有几斤重。卢夫人试着把菜摘来煮食，吃起来鲜甜嫩滑，分外可口，孩子们也好好地饱餐了一顿，开心得活蹦乱跳。

这菜收成太好，卢夫人四处分发，还是剩下了一片菜来不及采收。眼看着再不采收菜就要坏，浪费了岂不可惜。卢夫人忽然想起了腊猪肉，眼前一亮：猪肉可以腌腊，菜不是也可以腌吗？她就试着将菜砍下、晒干，再放进大缸加盐腌制。为了去掉多余水分，她又到山上采来一种叫黄毛婆的柔软净草作铺垫，一层一层地密封堆藏。经过晒干储藏，菜干的质地像桂圆肉那样油亮，香气四溢。

到了春节，卢公一家人开席宴客，卢夫人将这菜干和猪肉一起炖煮，味道出奇地好，香甜可口，别有一番风味。众人都想知道这个菜干是什么东西，卢夫人笑着说："这是梅仙姑送我的菜种，那干脆就叫它"梅菜"吧。"

梅菜扣肉成了广东地区的一道客家名菜，随着梅仙姑的故事流传至今。

酝扎猪蹄

　　清朝乾隆年间,在佛山汾江河畔有个地方叫"接官亭",专门让经过此地的官员落脚休息。在这个接官亭附近,有个叫亚德的人开了一间"德记肉店",早市的时候卖鲜肉,卖剩下的肉做成各种熟菜,供给来往路人。肉店的生意很好,所以每天基本上不到天黑就能卖完。

　　一天黄昏,亚德做完生意正要关门,忽然来了几个官差,说是有个官老爷刚到这里,指名要吃德记的小菜,要德记立即准备。

　　亚德听后连忙说道:"请见谅,今天的肉已卖完,我们准备打烊了。"

　　官差一听,厉声道:"老爷已在接官亭等着,今天这个菜,就算是没有肉也要做出来。"

　　这一下可急坏了亚德。他细细一想,鲜肉肯定是弄不到了,那就用卤肉做个菜应付吧。亚德平日卖肉,会把那些卖剩的猪颈碎肉、猪蹄子之类的用卤水腌着,从不浪费。碰到一些穷人家买不起鲜肉的,他们就买这些卤肉。主意拿定,亚德就拿出这些卤好的碎肉,把肉切成薄片,肥瘦相间地码好。但是这毕竟是碎肉,卖相不够好。亚德又动起了脑筋,他灵机一动,又拿了个猪蹄子去掉腿骨,把码好的肉片塞进去,用水草扎紧裹实,看上去和原来完整的猪蹄没什么两样,清清爽爽。扎好的猪蹄再用小火加调料煨一煨,这道菜就大功告成了。

　　等亚德这道菜端上桌,那官老爷早就饿得等不及了,大口大口地吃了起来。猪蹄的肉皮裹着卤好的肉片，口感饱满、肉汁四溢，吃得官老爷眉开眼笑，连声说道："好吃，太好吃了。"

旁边的官差听了，也顺势阿谀奉承道："老爷，这里是我们来往佛山的必经之路，今天吃到的是猪手，说明老爷您之后的仕途也一定能得心应手、顺风顺水。"

官老爷更开心了，笑眯眯地对亚德说："你这德记肉店的名字太俗气，不如改个名字，就叫得心斋吧。"

亚德又惊又喜，想不到这道救急的菜不但好吃，还得到了官老爷的赏识，于是便把"德记"改名为"得心斋"，将自己发明的这个酝扎猪蹄起名为"得心应手"。慕名而来吃这道菜的人越来越多，得心斋酝扎猪蹄的名声也传遍了整个佛山。

清末民国时，得心斋曾使用陶罐来装猪蹄，
不仅可以保鲜，还可以令卤水渗入肉内，使肉的味道更好。

虾仁　营养丰富,含大量蛋白质、矿物质、维生素等成分。虾仁中的"虾青素"是强抗氧化剂,食之可健身强力,尤其适合小儿与孕妇食用。

娥姐粉果

● **食话** ●

很久以前,广州的西关是达官显贵集居的地方。有一个大官人家,雇了个厨娘叫娥姐,她模样俊俏、聪明伶俐,还有一手好厨艺,会做好几种点心。

一天,主人家忽然有贵客远道而来,主人就赶紧让娥姐做几种花样点心待客,还特别嘱咐,说来客十分重要,一定要做些别家没有的花样。娥姐琢磨再三,决定做一种别人从没吃过的点心。她先是准备了上等的熟猪肉、新鲜虾仁、冬菇、竹笋尖等材料,准备做馅心,要和面时才发现面粉所剩无几。眼看吃饭的时辰要到了,娥姐在灶旁的橱柜里发现了一木桶冷饭,她忽然来了灵感,打算就在这冷饭上做文章。娥姐首先把冷饭磨成粉,然后加开水混入面粉调匀,搓成薄皮,再把准备好的馅料包入其中,上笼蒸熟。蒸好的点心表皮晶莹剔透,隐约能看见里面的馅心,特别漂亮。娥姐还给这点心想了个名字,称其为粉果。点心端上桌,来客品尝后无不称奇。于是,娥姐做的这种粉果就在达官显贵中传扬开来了。

这件事传到一座叫"茶香室"的茶馆老板那里,他觉得这"粉果"只能在大官人家的宴席上尝到实在太可惜,如果普通老百姓也能尝到这么好吃的东西,那该多好。恰巧那位大官要升迁去北方做官,娥姐也到了出嫁的年纪,就不再强求她一同北上。于是,茶馆老板出了重金,聘娶了娥姐作为他的第六任妻子，同时为他们的茶馆制作粉果。

茶香室的规模不大，但很讲究。老板为了招徕顾客，特别为娥姐单独造了一个玻璃棚子，让娥姐坐在玻璃棚内制作粉果。这样，顾客不但可以品尝美味的娥姐粉果，还可以看到漂亮的娥姐是怎么把粉果做出来的。

就这样，茶香室生意越来越好，娥姐粉果也越来越出名。周围的几个酒楼茶室一见，纷纷模仿起来。就这样，娥姐粉果的做法越传越广。

这是娥姐的丈夫黄佩刚之婿与他人的书信，信中提到了关于娥姐粉果的旧事："老伴係岳父黄佩刚公长女，得自阿娥真传，一次可捏粉果皮二十张。做粉果皮薄如蝉翼，可看通内部虾、笋、芫茜，以煎粉果连汤更为美味。"

《随园食单》中提到盐,说"盐者,百肴之将"。食盐调味能解腻提鲜,祛除腥膻之味,使食物保持原料的本味;撒在食物上可以短期保鲜,用来腌制食物还能防变质。

盐焗鸡

● 食话 ●

清朝时,中国产盐的地方主要集中在沿海一带,特别是广东,每年产盐的数量多、质量好,一直是朝廷经济收入的大头。因为盐业被朝廷把持,民间不得私自产盐,所以朝廷对产盐工人进行了严格控制,他们进盐场之后,是很久都不能回家的,而且生活条件很艰苦。

这一年,朝廷又要征集盐工。有一户姓严的人家,祖辈都是做盐工的,非得去人不可。严家老爹年纪大了身体不好,今年就去不了盐场了,只好叫他的两个儿子严大壮和严小壮去盐场干活儿。可严老爹又担心两个儿子的身体吃不消,十分犯愁。

去盐场干活的日子越来越近了,眼看着严老爹心焦不安,严大壮的媳妇想到了一个主意,去和严老爹说:"爹,我有一个主意,不知道行不行?"

严老爹说:"你说说看。"

严大壮的媳妇说:"我们把家里养的鸡杀了煮熟,让他们哥儿俩带进盐场慢慢吃,多少可以补充点营养。"

严老爹想了会儿,说:就这么办吧,他们的身体最要紧。"于是,严大壮的媳妇就杀了好几只鸡,让他们带走了。

当时天气炎热,那么多鸡怎么保存才不会坏呢? 严小壮就出了个主意说:"哥,咱们把鸡腌起来吧? 反正这儿有的是盐堆。"严大壮拍拍弟弟的脑袋说:"这个主意好,咱们可以腌起来,慢慢吃!"他们找来了纸,把鸡用纸包好,又找了一个盐堆,挖了一个洞,把包好的鸡放了进去。

干了几天活,兄弟俩累得腰酸背痛,就想吃点鸡补充下体力,兄弟俩从盐堆里把腌在里面的鸡拿了出来。剥开纸,严大壮先扯了一只鸡腿,咬了一口,他禁不住大叫起来:"我的妈啊,怎么这么好吃呢!"严小壮听了,也赶紧扯下一块鸡肉,一尝,鲜香可口,十分好吃。兄弟俩高兴地把一只鸡全吃完了。

没过多久,他们俩发明的这种方法就在盐工之间传开了。许多盐工也叫家里人送来煮熟的鸡,埋到盐堆里,吃的时候再挖出来,真是一道美味。因为这种鸡是在盐洞里腌制的,所以盐工们叫它"盐焗鸡"。

后来,朝廷对盐的生产控制得没那么严格了,民间资本可以产盐了,许多北方的客商就到广东来采购盐。外来的人一多,一些商人看准了这个机会,在盐场附近开设了客栈和酒楼。为了使北方来的客商能吃到广东的特殊风味,这些酒楼就把盐焗鸡这道菜推了出来。没想到一炮打响,吃过的人都赞不绝口。盐焗鸡就这样名声大振,成为了广东的一道名菜。

草果 味辛、性温、无毒。主治消食、化食、腹痛、反胃、呕吐等。
以个大、饱满、色红棕、气味浓者为佳。是烹调佐料佳品。

桂林米粉

● 食话 ●

　　秦王嬴政为了统一中国，就派手下率领五十万大军征战南越，紧接着又率民工开凿灵渠，解决运输问题。南越地区的少数民族勇猛强悍，不服秦王。秦军整整和他们打了三年，天天武器不离手，战斗打得十分激烈。南越地处山区，交通不便，秦军的士兵们水土不服，加上粮食供应困难，士兵们挨饿的挨饿、生病的生病，急得秦王不知如何是好。

　　这些来自北方的士兵，从小是吃面食长大的，如今他们远离故土，征战南方，却为了一顿饭苦恼不已。

　　军中的伙夫动足脑筋，终于想出来个法子。南方盛产大米，不长麦子，怎么才能把大米变成像面粉一样让秦王的士兵们接受呢？伙夫先把大米泡涨，磨成米浆；滤干水后，揉成粉团；然后把粉团蒸得半生熟，再拿到臼里杵舂一阵，最后再用人力榨出粉条来，直接落到开水锅里煮熟了吃。这种米粉团通过舂，榨出的粉条更筋道，据说从二楼悬吊一根拖到地上也不会断。

　　除了吃饭，士兵们还要吃治疗水土不服的草药。打仗的时候很紧张，士兵们经常把米粉和药汤混在一起，三口两口就扒完了。还别说，草药和米粉混在一起吃竟然别有一番风味，时间一长，口味就固定了下来。

　　原来，秦军的郎中配的草药里，有草果、茴香、丁香、桂枝、甘草等草药，这些草药都是专治肚子疼痛、消化不良、上吐下泻的，本身也能充当香料。吃了这样的米粉，秦军士兵们士气大振，秦始皇终于统一了南方。

经过历代后人的改进、加工，这种米粉成为了桂林当地独具特色的风味小吃，家喻户晓。只是这小小一碗米粉里的故事，又有多少人知晓呢？

草果是桂林米粉的卤水中主要的一味香料。炖煮牛羊肉时，放点草果能除膻气。调制卤水、烹制菜肴时亦能起到能增香作用。

佛跳墙

福建风俗中有一个规矩叫"试厨"。按这规矩,新婚媳妇第一天上门,第二天回门,第三天须到夫家在大庭广众面前试厨,这是对新媳妇治家本领的测试。

相传有一个从小娇惯的女孩,什么菜也不会做。但女孩大了总有出阁的那一天,很快,她要出嫁了。快做新娘的女孩成天闷闷不乐,为即将到来的试厨而发愁。做母亲的看在眼里,急在心里,怎么才能尽快教会女儿做菜呢? 为了不让女儿在丈夫家出洋相,母亲想了个办法,她把家里藏着的山珍海味都翻找出来,自己荤素搭配后用荷叶装成几个小包,反复叮嘱女儿每个荷叶包应该如何烹制。

谁知,这个女孩到了试厨的前一天,紧张之下竟忘记了母亲叮嘱好的烹制方法。到了晚上,她走进灶间,把母亲准备好的各种原料一包包解开,堆满了一桌。女孩两眼乱转,无从下手。就在她无计可施之际,又听仆人说公婆要来灶间看她做菜。女孩怕公婆看见她毛手毛脚的样子,见桌边有个酒坛,慌乱中就将所带的原料都装入坛内,顺手用包原料的荷叶包住了坛口,又把这酒坛放在了快灭火的灶上。女孩生怕自己第二天无法应付公婆,找了个借口偷偷溜回了娘家。

第二天一早,宾客都到了,新媳妇却迟迟不现身。婆婆着急了,去灶间一看,里面空空如也,灶头上只有一个大酒坛。她生气地掀开盖在

费孝通《榕城佛跳墙》："这道名菜，据说是福州百年老店'聚春园'的领牌首席菜肴……要用鱼翅、海参、鸡鸭、干贝、香菇、鲍鱼、笋、鸽蛋等三十多种原料和配料……加上恰到好处的绍兴酒，层层密封后，用文火煨制而成。"

酒坛上的荷叶，不想一股浓郁的香味飘了出来，宾客们闻到了香味，齐声叫好，端上桌一尝，更是无比鲜美。新媳妇做的菜得到了宾客们的盛情赞扬，婆婆一下转怒为喜。

这道菜的做法传开之后，成为当地的一道名菜。很多文人墨客品尝后，赞叹不已。一天，有一帮秀才聚在一起吃这道菜，席间轮流赋诗。其中一位赋诗说："坛启荤香飘四邻，佛闻弃禅跳墙来。"意思是说这道菜香味太诱人，连佛闻到了味道都会启动凡心。众人齐声叫好，还为这道菜起了个新名字，叫"佛跳墙"，这个名字便随着这个故事流传至今。

福州春卷

福州春卷，又名"润饼"，它的特点是外皮薄如蝉翼，馅料丰富饱满。与油炸的春卷不同，福州一带的春卷直接用饼皮裹食。

相传润饼由明代同安的才子——蔡复一的夫人首创。蔡复一独眼、跛脚，是个残疾人，虽然他身体残疾，心里却看得很开。有人取笑他是独眼，他就回答说："一眼观天下。"有人讥讽他是瘸子，他就回答道："一脚登龙门。"

蔡复一才华横溢，却遭到了旁人的嫉妒；他性格耿直，因此得罪了不少人，令他们怀恨在心。一次，几个奸臣想加害于他，就想了个主意，他们在皇帝面前推荐蔡复一，让他去整理抄写朝廷里历年来的文书，并且要蔡复一在四十九天内整理抄写完九大箱的文书，否则以违抗圣旨论处。

蔡复一接到任务后就废寝忘食、没日没夜地整理文书，到后来甚至双手一起抄写，连歇息吃饭的时间都没有。蔡复一的身体日渐消瘦，蔡夫人看在眼里，急在心里，拼命想办法为丈夫补充营养，却都没有什么效果。

这天，蔡夫人忽然灵机一动，想出了一个巧妙的办法：她先把面粉搅成糊状，在热锅上轻轻一抹，做成一张薄薄的面皮；再把各种菜切细，炒成烩菜；然后用面皮把烩菜卷成圆筒状。这样主食和菜都有了，而且也不烫口,吃起来也很方便。于是蔡夫人就做了许多这样的饼,用双手捧着喂给丈夫吃。这样一来,既不影响蔡复一的工作,又不耽误他吃饭。

在蔡夫人的精心照料之下,蔡复一如期完成了抄写文书的任务,没有让几个奸臣得逞。

从此,蔡夫人做薄饼给丈夫吃的故事在当地传为美谈,这种饼也流传了开来。这种润饼是油炸春卷的前身。时至今日,福州一带还保有吃古法润饼的习俗。

油炸春卷怎么做呢?
一、买春卷皮,一般超市、菜场均有;
二、笋丝、肉丝、冬菇丝(考究的话可添加虾仁、粉丝、木耳等),加佐料炒熟后盛出,加生韭黄丝拌匀;
三、将馅料摊在春卷皮上,包好,两头用湿淀粉封口。炸至金黄色即可蘸醋食用。

猫仔粥

● 食话 ●

清朝年间,诏安(今福建漳州市内)城内有一个大户人家,主人姓陈,四代同堂,由太夫人治家。全家老少二十多口人,他们的一日三餐都由长孙陈友德的妻子杨氏操办。大户人家家规严格,杨氏虽辛苦,但女人是不能上台面吃饭的,她只能吃家人用餐后的残羹冷炙。

陈友德心疼爱妻,不想让她三餐总是吃那剩菜,于是想出一个妙计,他每天饭后溜进厨房,用没做完的鱼、虾、肉等原料,快速地为媳妇做一顿新鲜可口的饭食。

有一回,陈友德把新鲜可口的鱼虾和米饭一起做成了粥,刚烧好,太夫人正好走进厨房察看,看见孙子正在烧粥,一脸诧异地问他在忙什么。陈友德机灵地回答道:"我在做猫仔粥,把剩饭剩菜煮在一起给猫吃。"他们家倒真是养了几只猫,太夫人也就信以为真了。

这种粥非常鲜美,杨氏很爱吃,陈友德就天天做给她吃。因为"猫仔粥"是偷偷做的,要抢时间,所以陈友德总是用滚汤煮粥,再将配料放进热粥中涮一下,加上配料就起锅。杨氏天天吃这种粥,夫妻感情一天比一天深厚,恩爱无比。

时间过得很快,三十年媳妇熬成了婆。太夫人谢世后,杨氏开始当家做主,膝下儿孙成群了。杨氏做五十大寿时,陈友德问爱妻想吃什么。杨氏回想起当年丈夫偷偷下厨为她做饭的情景,沉思良久说:"很久都没吃到'猫仔粥'了,还是'猫仔粥'好吃。"

陈友德高兴地说:"这容易,现在不用偷偷煮了,我这就去做给你吃。"

于是,陈友德精心挑选了鲷鱼、虾肉干、鸡脯肉、目鱼、精猪肉,再加少许冬菜,用佐料精心调配后倒入滚烫的骨头汤里;然后把事先准备好的白米饭倒入调匀,撒上芫荽,趁热端给杨氏吃。杨氏在大家面前连连夸奖丈夫手艺高明,猫仔粥味道鲜美。

左邻右舍听了,都来打听此粥怎么做法,就这样,"猫仔粥"传了出去,成为当地的一道名吃。

陈友德为妻子杨氏端去偷偷煮的"猫仔粥",
爱妻之心都浓缩在一碗小小的粥里。

海南鸡饭

　　传说中,海南鸡饭是这么来的:有一户人家过年时煮了一大锅鸡,留下来一锅香喷喷的鸡汤。这户人家的小媳妇正在后厨烧饭,她闻着香喷喷的鸡汤,突发奇想,从鸡汤中盛出几勺,倒进自己正准备煮的米饭中。用鸡汤煮成的米饭,有着鸡特有的鲜味,米饭香滑美味,小媳妇做的这种鸡饭受到了公婆和家人的赞赏。于是,这种方法一传十,十传百,渐渐成为民间流行的一道美食。

　　让海南鸡饭名扬四海的,是20世纪30年代开在文昌的一家"毓葵鸡饭店"。饭店主人叫伍毓葵,小店只有十来个平方米,店虽小,但在一碗鸡饭里下的功夫绝对不少。伍毓葵从乡下收购文昌特有的鸡仔,再用番薯、米糠、花生饼、大米煮熟捏成饭团,养肥小鸡。经过二度育肥,这种小鸡的鸡肉肥美嫩滑,连骨头都能炖得酥烂。煮鸡时,保持一定的水温,煮到八成熟就好。

　　鸡饭的制作更是考究,先将大米洗净、滤干;再用猛火热锅,下鸡油、蒜茸爆香;随后倒入大米反复搅拌,加进鸡汤调匀,加盖煮熟。这样烧出来的鸡饭颗粒完整、熟而不烂、油润软滑、香浓味正。

　　凭着独特的手艺,毓葵鸡饭店成为当时文昌县城最有名的鸡饭店。海南鸡饭也随之发扬光大,成为一道名扬海内外的名吃。

清代《岭南杂事诗抄》记载："文昌县属有一种鸡,而若牧肉,味最美。盖割取雄鸡之肾,纳于雌鸡之腹,遂不生卵,亦不司晨,毛羽渐疏,异常肥嫩。以其法于他处试之则不可,故曰文昌鸡。"

有个叫王义元的人1930年代去新加坡谋生,他曾在毓葵鸡饭店帮过厨,偷师了正宗鸡饭的制作方法,便租了摊位卖鸡饭,大受当地人欢迎。后来,他的徒弟莫履瑞自己创业,生意做得非常火爆。海南鸡饭就此成为新加坡最负盛名的美食之一,直到今天依然如此。老照片为莫履瑞与他的瑞记鸡饭。

食典 猪肝 味甘、苦,性温。补肝明目,益气补血。猪肝中含有一些毒性物质,食用前须置于盆内浸泡1—2小时消除残血。

及第粥

● 食话 ●

清朝的时候,广州有个肉贩。他每天上街叫卖时,都会经过一间私塾。塾师爱吃肉,总是会叫住他,买上几两肉。肉贩为人憨厚,做的是良心生意,猪肉不仅新鲜,而且从不短斤缺两,还常常送点下水给塾师。一来二去,肉贩和塾师慢慢相熟了。因为肉贩不识字,他就让塾师教会他"猪肉、猪肝、猪粉肠"几个字,他好回家记账用。

这一年,科举考试开考,有好事者见肉贩有些憨,就怂恿肉贩去应试,说考取功名全靠祖宗积德。这肉贩竟信以为真,还真去参加考试了。

到了临考这一天,肉贩拿到卷子,就在卷面上写了"猪肉、猪肝、猪粉肠"七个字充数。岂料,主考官正是当年的塾师,他一见这七个字,知道是肉贩写的,他有意让肉贩欢喜一场,就自己捉刀另写了一篇代替,没想到这一科肉贩竟及第了。塾师自己也没想到会是这个结果,唯恐肉贩再来考,就交代同僚,如果发现卷上写有"猪肉、猪肝、猪粉肠"的,立即把这张考卷作废。

第二科开考,肉贩又来了,写了七字后就交了卷。主考看后啼笑皆非,但随即想到前科主考官早有交代,莫不是暗示要多多关照,不如做个人情,代写一篇吧。这样一来,肉贩又及第了。肉贩得知消息欣喜若狂,马上整好行装,上京赴考。到了京城,他却错过了考试时间,不再允许进场。恰巧此时有王府人马经过此地，"啪"的一声，一盏王府的灯笼从王爷的轿子上滑落了下来。肉贩上前捡起灯笼，忽然心生一计，就提着灯笼要进考场。看守考场的侍卫一见是王府的灯笼，知道此人来头不小，尽管已经迟到，也放肉贩进了考场。肉贩满心欢喜，把灯笼架在座位旁边，然后拿起考卷，写了七个字后便交卷了，灯笼也留在了考场里。主考一见肉贩写的字，瞠目结舌，不知该如何是好，一看王府的灯笼还留在考场里——这不是赤裸裸的暗示吗？他只好战战兢兢地代写了一篇文章，再次让肉贩及第。

文盲肉贩三元及第，让人啧啧称奇。有人问他："你大字不识几个，三次及第凭的什么呀？"

肉贩笑呵呵地回答道："猪肉、猪肝、猪粉肠！"

从此，后人便用这三种材料熬的粥叫做"及第粥"。

民间工艺品，状元及第。

钵仔糕

　　清朝年间，有位叫阿来的小伙子从台湾来到香港谋生，但一直找不到差事。眼看盘缠所剩无几，就要流落街头，阿来想起了家乡特有的一种点心——水晶钵仔糕。阿来从小就喜欢吃这种点心，也知道怎么做。于是阿来就在香港大岗仔一带摆了个摊档，专卖他做的钵仔糕。因为阿来做的钵仔糕晶莹剔透、味美可口，因而大受当地老百姓的欢迎。阿来摆摊的时间一长，名气愈来愈响，后来连不少大户人家都成了他的上门客。

　　一天，有个叫阿花的漂亮姑娘到阿来的摊档前买钵仔糕吃，她吃了一次后就成了阿来的回头客。时间一长，阿来悄悄地看上了阿花，他有意无意总会多给阿花两块钵仔糕，就是希望姑娘天天光顾他的摊位。

　　过了一段时间，阿来一连几天都没见到自己心仪的阿花光顾他的摊档，阿来心里七上八下，生怕姑娘出事，就千方百计托人打听阿花的下落。功夫不负有心人，阿来终于得知，原来阿花病了，在家中卧床好些日子了。为了让心上人每天都能吃到她喜欢的钵仔糕，阿来就天天托人将钵仔糕送到阿花的家中，为了给阿花补充营养，他还在钵仔糕里添加了红豆，同时也借此表达了自己的相思之情。也许是阿来的诚意感动了上苍，阿花的身体渐渐痊愈了，不知不觉中，阿花明白了阿来的心思，两个年轻人结为了夫妻。

婚后,阿来夫妻一起开了好几家钵仔糕摊档,几乎覆盖了当时的香港。就在他们的事业如日中天之时,鸦片战争爆发了,阿来在战火中不幸遇难。

　　阿花悲痛欲绝,之后她没有另嫁,决心独自将阿来的钵仔糕发扬光大。为了怀念阿来,阿花在所有的钵仔糕中都加上了红豆,用红豆来寄托对亡人的思念。

　　这段动人的爱情故事,至今仍有香港市民知晓,因此也有人把水晶钵仔糕称为"相思红豆糕"。

鸡蛋

味甘,性平,无毒。富含胆固醇、优质蛋白,还含有两种氨基酸,可以帮助人体抗氧化。一个蛋黄的抗氧化剂含量就相当于一个苹果。每天摄入1—2个鸡蛋比较适合。

元宝肉

● 食话 ●

清朝道光年间,台湾宜兰来了个知县老爷叫朱才哲。他在任的时候办了不少实事,老百姓都很爱戴他。朱才哲在台湾待了三十几个年头,直到新任道台到任,他才准备卸甲归田,回湖北老家。

新任道台听说朱才哲清廉正直、口碑极佳,他对此感到有些疑惑,认为朱才哲不过是表面上道貌岸然,骨子里绝不可能是什么"清官"。

这天,朱才哲准备登船返乡。海边为他送行的民众人山人海,很多人还垂泪不舍,这让新道台心里酸溜溜的。他瞥见朱才哲的船上整齐地码着三十只大木箱,觉得其中一定有什么不可告人的秘密,就故意问:"朱大人在台多年,积攒的宝贝一定不少,这些大箱子想必挺沉的吧!"

朱才哲听出他话里有话,就说:"大人是否怀疑箱内皆为金银财宝?"

新任道台讥讽地说:"都说'三年清知府,十年雪花银',你这里面装的难道是石子不成?"

朱才哲正色道:"睽睽众目之下,大人不可戏言!"

新任道台沉下脸来,说:"但可开箱一验,若不是金银,我愿赔偿你三十箱元宝。"

此言一出,岸边的百姓躁动起来,有些人为朱大人打抱不平,有些人则觉得新任道台的话有道理。在朱才哲的指点下，家人打开了几十个箱盖，里面竟全是鹅卵石子！

新任道台心服口服，向朱才哲赔罪："朱大人果然两袖清风，人称'朱青天'绝无虚言，在下多有冒犯，见谅。"

新任道台又问起船载卵石是何用意，朱才哲说："大海里行船，容易遇到大风大浪，因为我行李太少，船轻不稳，所以就装些石头压舱，就不怕它海上兴风作浪了。再说这些鹅卵石带回乡里，也能送给小孩做镇纸用。"

新任道台连称："佩服，佩服。先前我说要赔元宝之事……"

朱才哲没等他说完就接口道："这事不必再提。要赔我那么多元宝，恐怕还得去搜刮百姓的民脂民膏，那岂不玷辱在下清白？"

一席话说得新任道台羞愧不已。之后，朱才哲说："今日，就由我送大家一些元宝吧。"原来，朱才哲先前已吩咐家厨，烧制了一道家乡湖北的特色菜，用来款待新任道台与前来送行的当地百姓。这道菜是用鸡蛋与红烧肉做成，圆圆的鸡蛋好似一个个元宝，故名"元宝肉"。新任道台品尝后赞不绝口，老百姓也纷纷说美味。

从这时起，朱才哲用石头压舱的故事便在台湾流传开来，"元宝肉"也成了台湾城乡宴席上的名菜。

度小月担仔面

清朝光绪年间,台湾南部有一个渔民,叫洪芋头,祖先是福建人,捕鱼为生。洪芋头也继承了祖业,出海打鱼。

每年的七、八月期间,正是台风季节,海上风浪很大,一般渔民都称这段日子为"小月",因为不能出海,没了维持生计的来源,有些渔民就会在小月里去别处打零工。洪芋头也不例外,他为了度过这清淡的小月,打过许多工,但始终是勉强凑饱。

这一年,又到小月,洪芋头实在是不想再替别人打工,他想起自家有个福建来的亲戚,曾经教过他做福建风味的肉臊,就试着做了一些,还加了一些自己独创的秘方。洪芋头用肉臊和台湾洋葱爆炒一番,又用虾汤煮了细油面,把肉臊盖在面条上。做完后洪芋头一尝,觉得这面鲜美可口,觉得可以拿出去做生意,他就用一个担子挑着面摊沿街叫卖。担子的一头是锅和灶,另一头则是米粉和面。

后来,洪芋头把摊位固定在水仙庙前,生意日渐兴隆,名气也慢慢传开。因为这个面条有帮助渔民度过困难小月的意思,有吃客给它起了个名字叫"度小月担仔面"。度小月担仔面除了色香味俱全之外,最吸引人的地方还有他摊位的布置,洪芋头的摊位不设大桌高椅,全是小桌矮凳,客人一边围着小桌子上座,一边看着摊主煮面,一起闲话家常,真是其乐融融。

洪芋头的度小月担仔面,最大的特色在于"吃巧不吃饱",因为担仔面用的面碗小巧精致,不是通常所见吃面用的海碗。上桌前,先用高汤热碗,再加面,撒上豆芽、香菜、肉臊、蒜泥、黑醋、虾,肉臊香味浓郁,面条爽滑可口。

这张老照片里,我们能看到最早用来挑面的担子。

华中篇

豫菜——

单就烹调方法有50余种，扒、烧、炸、熘、爆、炒、焅别有特色。其中，扒菜更为独到，素有"扒菜不勾芡，汤汁自来黏"的美称。

羊肉烩面

腊味合蒸

湖

湖

鄂菜——
特点是汁浓、芡稠、口重、味纯,
富有民间特色。烹法以蒸、煨、烧、
炒见长。

龙凤配

热干面

湘菜——
腴滑肥润为主, 多将辣椒当主菜食用,
不仅有北方的咸, 也有南方的甜,
更有本地特色之辣与酸。技法多样,
尤以"蒸"菜见长。

腊味

"腊"是一种肉类食物的处理方法,把各种肉类以盐或酱腌渍后再风干或者熏干。湖南地区的腊肉多用烟熏制成,肥而不腻,鲜美异常。腊味高盐、高脂肪、高蛋白,且含有亚硝酸盐,不宜多吃。

腊味合蒸

● 食话 ●

　　很久以前,在湖南的一个小镇上,有个叫刘七的人开了个小饭馆。刘七厨艺精湛,小饭馆一开就顾客盈门。没想到,镇上的地痞见刘七开饭馆挣了不少钱,心生不满,就去敲诈勒索刘七,硬是说他欠钱不还。刘七为人老实,一次次地满足了地痞的勒索,最后实在掏不出钱来,只好流落他乡,沦为了乞丐。

　　这年春节,刘七来到一座县城乞讨。因为将近年关,大家就施舍给他一些年货,像腊鱼腊肉之类的。刘七见家家户户都在准备团圆饭,他也禁不住动起了心思,于是就把讨来的腊鱼和腊肉调配一下,用蒸钵盛好,在一个财主家的屋檐下生起火,蒸了起来。

　　这时,这家的财主正在陪一位贵客饮酒,正当他们吃得高兴的时侯,忽然有一阵扑鼻的香味飘了进来。

　　客人闻了闻,说:"老弟,酒过三巡,你为何要留一手呢?还有什么好菜,赶紧端出来吧。"

　　财主也早就闻到了香味,以为是自家做的,忙向身边的仆人一瞪眼:"还不快端上来?"

　　仆人很是奇怪,哪儿还会有什么菜没端上来?这股香味越来越浓,他就跑到门外察看,只见墙角下有一个乞丐正从火堆上端了蒸钵要吃,香味就是从蒸钵里飘出来的,就恶声恶气地说:"你怎么能在这生火呢?

赶紧走吧，那个蒸钵留下来给我们。"

刘七委屈地说："我好不容易讨了点好吃的，给了你我吃什么？"

仆人也不好硬抢，就说用两大碗白米饭来换，刘七只好答应了。仆人把刘七的菜换了一个盆子盛好，端进客厅。客人忙夹起一块肉填到嘴里，连连喊道："好吃，好吃！"财主也一尝，果然味道绝妙。恰好这位贵客是本县一家大饭庄的老板，他觉得这道菜菜色美，味道香，市面上从未见过，要是把它引到饭庄岂不更招徕生意？于是就想借财主家的厨子去兜兜生意。财主正要答应，仆人在一旁慌了，赶紧在财主耳旁一阵低语，把刚才的状况说了一遍。财主听了，转向客人说："此事好说，老兄如不嫌弃，小弟以厨子相送。"饭庄老板一听很是高兴。

仆人忙跑到屋外，追上了刘七，说："我们家员外吃了你做的菜很满意，他要送你到本城最大的饭庄去当大师傅！"

刘七本来就是厨子，天上掉了这么好的差事，他马上就答应了。

刘七进了大饭庄后，将这道菜精心地改进了一番，取名为"腊味合蒸"，果真招徕了大批的顾客。就这样，腊味合蒸成为了一道名菜，在湖南一带流传开来。

热干面

● 食话 ●

民国时期，武汉的汉口有个名叫李包的小贩，在关帝庙一带靠卖凉粉和汤面为生。

有一天，天气异常炎热，李包还有不少剩面没卖掉，他怕面条发馊变质，便将剩面煮熟沥干，晾在案板上。一不小心，碰倒了案板上的油壶，一大瓶芝麻油统统泼在了面条上。李包见状，索性将面条用芝麻油拌匀，再重新晾干。这种过了油的面怎么吃呢？李包想啊想，想出了一个法子。

隔天早上，李包将拌了油的熟面条放在沸水里稍微烫一下，立马捞起来，沥干水分放进碗里，然后往上面倒上卖凉粉时候用的佐料，一碗热气腾腾、香气四溢的干拌面就做好了。

人们觉得新奇，就争相买来尝，一吃，味道好得不得了。

李包见这种面很好卖，就专心卖这种面，还加以改进，不少人还特意赶来向他拜师学艺。其中有个前来取经的同行，叫蔡明伟，他学到了这种手艺后还是动脑筋想改进面的口味。

一天，蔡明伟经过一家麻油作坊，见他们从芝麻中提取麻油后，芝麻酱就闲弃在一边，他灵机一动：为什么不将芝麻酱也加进面里试一下呢？于是，蔡明伟向麻油作坊老板买了些芝麻酱回家。经过反复试验，他终于觉得口味满意了，就给身边的人尝，吃过的人都说好吃，这时，蔡明伟才决定把这种改良后的面拿出去叫卖。有人问他这叫什么面,蔡明伟就说叫"麻酱面"。

又过了几年,蔡明伟开了家大面馆,专卖自制的麻酱面,生意火爆,方圆百里都知道蔡老板家的面好吃。

解放后,蔡明伟给店改了个好听的名字,叫"蔡林记热干面",成了武汉著名的小吃店。

武昌鱼 俗称团头鲂,是鳊鱼的一种。性温,味甘,有补虚养血、祛风健胃之功效。高蛋白、低胆固醇,经常食用可预防贫血症、高血压和动脉血管硬化等疾病。

武昌鱼

● 食话 ●

　　三国鼎立时,孙权曾驻军鄂城。一天,为了庆祝新造的大船下水,孙权命人在船上摆酒设宴,当地百姓则纷纷进贡各种鲜鱼。孙权与大臣们吃得正在兴头上,上来了一盘清香扑鼻的清蒸鱼。这种鱼头小颈短,脊背宽平。孙权用筷子夹了一块尝尝,肉质特别鲜嫩,他竟一口气吃了三条。孙权问旁人,这种鱼叫什么,他们都答不上来。孙权就命人叫来献鱼的老渔翁,先赏他一碗酒,再让他讲讲这鱼的来历。

　　老渔翁说:"这是一种鳊鱼,出自百里以外的梁湖。每到涨水季节,这鱼经过九十九里长港,绕过九十九道弯,穿过九十九层网,来到长港出水处。一边是港水,清得见人;一边是江水,混如泥汤。鳊鱼喝一口清水,吐一口浊水,经过七天七夜脱鳞换肠,把原来身上的黑鳞变成了银色的白鳞,把原来的黑草肠,换成了白油肠,所以吃起来味道格外鲜美。"

　　孙权听得入了神,连声称道:"讲得好!讲得好!请再喝一碗酒。"

　　老渔翁一口把酒喝干,接着说:"这种鱼油多,鱼刺丢到水里可以冒起三个油花。"

　　孙权不信,亲自试了试,果然,别的鱼刺只冒一个油花,唯独这种鱼刺翻了三个油花。

　　孙权一时兴起,又端起一碗酒对老渔翁说:"你很识鱼性,酒量也不错,我敬你第三碗酒。"

渔翁接过酒说:"大王看得起我,就是醉死也要领情。不过不要紧,用这种鱼刺冲汤喝,可以解酒。"

孙权一听,一把抓住老渔翁的手说:"你不是故弄玄虚吧? 如果真能解酒就罚我三大碗。"

于是,孙权叫人用开水将鱼刺冲成汤喝了几口,果然提神醒酒。孙权高兴极了,端起酒碗对大臣们说:"想不到我东吴竟出这样好的鱼。来! 大家再喝三大碗。"大臣们怕他喝多伤身,劝他不要再喝。孙权哈哈大笑着说:"怕什么,有这样好的神仙汤解酒,我还要喝他十八碗呢!"

后来,孙权将鄂城更名为"武昌",这种鱼也因此命名为"武昌鱼",成了孙权最喜欢吃的一种鱼。

从此,清蒸武昌鱼就出了名,一直到现在,当地人酒宴之后,还会用武昌鱼的鱼刺,冲碗神仙汤喝呢。

荆州龙凤配

相传三国时期,孙权周瑜为夺荆州,竟不择手段设下美人计,将孙权的亲妹孙尚香假意要许配给刘备为妻,意在诱骗刘备过江招亲,到时挟其交出荆州。诸葛亮识破了周瑜的计谋,索性将计就计,让赵云保护刘备过江,并给了赵云三道锦囊,叮嘱他在遇到困难时拆开看,里面自有解围之策。

刘备和赵云过了江,拆开了诸葛亮的第一道锦囊,囊中写道:"欲得事成,必找乔老。"于是二人去和乔老会面。乔老器重刘备,认为孙刘联盟是对付曹操的关键,两家结成姻亲,实在是再好不过。之后,乔老又在太后跟前周旋一番,太后当面许亲,让刘备和孙尚香立即成亲。周瑜知道美人计失败了,又给孙权出了第二招,让他造奢华的宫殿,用声色来迷惑刘备,让他放松警惕。赵云看穿了周瑜的用心,立马打开了诸葛亮的第二道锦囊。囊中叫赵云以曹军突袭荆州的军情谎报刘备。赵云依计行事,刘备果然大惊失色,要带孙尚香回荆州。孙权和周瑜听说了刘备要逃走的风声,马上派了几员大将追赶刘备。就在这危难之际,赵云又打开了诸葛亮的第三道锦囊,上面写着:"吴兵追至,可叫郡主出挡。"于是,追来的东吴将士,都被郡主孙尚香给斥退了。刘备一行人来到江边,诸葛亮早已备好了船只等候,刘备就这样安全地返回了荆州。过江之后,诸葛亮为了给主公接风,准备为他们好好庆贺一番。

诸葛亮特命荆州名厨们准备具有荆襄地方特色的名菜招待东吴来的公主。为此,荆州名厨们纷纷献计,但是诸葛亮听后并不满意。有一个厨师绞尽脑汁也想不出做什么菜,只好在第二天早上赶往集市物色好食材,他正好见到渔民捉来活蹦乱跳的荆州黄鳝,忽然灵机一动,拣出三条最大的;又找到荆州特产的凤头鸡,拣肉质肥嫩的买了一只带回去。

经过几位名厨的共同开发,一道别具匠心的美味送到了诸葛亮面前。众人眼前一亮,一迭声地叫好:只见精美的鱼盘中间,黄鳝仿佛一条卧着的黄龙;龙旁边卧着光彩夺目的金鸡。丞相对厨师们夸赞了一番,问起此菜起何美名时,众厨异口同声地说道:"龙凤配"。

东吴公主孙尚香不得不被眼前的绝活倾倒,边品尝边赞扬这道菜好吃。

龙凤配至今仍是荆楚名菜,为宴席之精品。

蟠龙菜

　　相传明正德十六年(公元 1521 年)，明武宗朱厚照驾崩，无子继位。迫于政势，孝皇张太后主传懿旨，在将武宗的遗诏发往安陆州(今湖北钟祥)的同时，也给居住在德安的寿定王朱佑搘、卫辉的汝安王朱佑椁发了遗诏。三诏齐发，太后命三人"先到为君，后到为臣"。朱厚熜接到遗诏一悲一喜一惊。为赶时间，卜师严嵩献计说："唯世子(朱厚熜的尊称)假扮钦犯，稳坐囚车，方能日夜兼程，既无人敢阻，亦无人应接，不过二十日便可到京都。"为了当皇帝，世子也不在乎脸面好不好看。然而坐囚车容易，途中进食就难了。若不吃囚食，万一被人看出破绽，不仅帝位付诸东流，身家性命都难保。经过磋商，给全城厨子下了一道谕令，命令他们即刻进府做出一种"吃肉不见肉"的菜肴！全城二十多位厨子便于二更之内全部聚齐，尽数集于侧宫厨厅之内，因关系全家人的身家性命，人人不敢马虎，眼看月过中天，时近四鼓，仍然没有个头绪。

　　厨子中有个叫詹多的红案师傅新婚燕尔，忽遭这等冤祸，正伤心不已。他的妻子见他久出不归，怕他饿了，遂拿了几个蒸红薯让他充饥。詹多正为做不出"吃肉不见肉"的菜肴而烦恼，哪有心思吃红薯，两人在推让中把红薯皮弄破了，露出了里面的白肉，詹多顿时眼睛一亮，大叫"我有办法了！"众厨子围了上来，詹多如此这般地细说了一遍。于

90 | 华 中 篇

是他们取白膘猪肉、精瘦肉与鱼肉等分剁成肉泥，用食盐、香葱、生姜为佐料，用淀粉鸡蛋调和均匀，再用红薯皮包裹蒸熟，其形同红薯，而实为肉肴，于是朱厚熜就靠吃"红薯"就食于囚车，登上了金銮宝座，成了明世宗，年号嘉靖。

嘉靖二年，詹多厨师又奉旨进京，再对"红薯"进行改进，做成了一尺半长，一寸半宽，七分半厚的圆筒，包裹的薯皮也换成了用鸡蛋黄做出的鸡蛋皮，蒸熟后切成薄片，盘于碗中，复蒸馏一遍，倒扣入盘，红黄相间，宛如龙形。如此一改，色、香、味俱佳，朱厚熜对此菜更是钟情，正式定名为"蟠龙"御菜。

百姓们一直把蟠龙菜视为"皇菜"，至今还是湖北的一道广为流传的名吃。

鳝鱼

味甘,大温,无毒。营养价值高。富含维生素 A,可以增进视力;富含 DHA 和卵磷脂,有健脑的功效。一年四季均产,以小暑前后者最佳,民间有"小暑黄鳝赛人参"的说法。瘰痹性皮肤病、哮喘、癌症、红斑性狼疮等患者忌食。

马蹄酥鳝

● 食话 ●

汉代时,在湖北秭归有个叫王昭君的姑娘,她被选进宫中当宫女,进了京城。入宫后,每个新来的宫女都要画像。要知道,皇帝是看画像挑人,所以这张画像的好坏至关重要。宫廷画师毛延寿暗示王昭君,只要给他银子,就一定把她画好,保证她被皇帝选中。王昭君断然拒绝了。于是,毛延寿故意把王昭君画难看了,使王昭君失去了被皇帝选中的机会。

后来,汉元帝偶然到后宫的花园里游玩,巧遇到了正在弹琵琶的王昭君。汉元帝被她的美貌惊得目瞪口呆,马上问王昭君是怎么回事。王昭君便把毛延寿故意将她画像点破的事情说了一遍。汉元帝大怒,立刻叫人把毛延寿杀了。从此,王昭君成了汉元帝最心爱的妃子。

好景不长,过了没多久,汉元帝为了平息与番帮的战乱,接受了番帮呼韩邪的求亲议和。没想到,呼韩邪看中的人恰恰是王昭君。汉元帝怎么肯把心爱的妃子让于他人?然而王昭君申明大义,自己主动提出去番邦和亲,以平息长期战乱带给人民的苦难。汉元帝只得被迫送王昭君出塞。

王昭君出塞前回到家乡,与父老乡亲们告别。为王昭君设下送行宴的客栈掌柜叫吴平,他想做一道特别的菜为王昭君饯行。

吴平买回来一条鳝鱼,切成段拍松鱼肉,把猪肉剁成茸,加蛋清加淀粉一起搅拌,然后抹在鱼肉上;把锅放在旺火上,放麻油,烧热,将鳝鱼段下锅炸成金黄色后捞出;再抹湿淀粉,下锅炸到八分熟;然后做糖汁,再放鳝鱼段,加醋和麻油。这样做出来的鳝鱼段成金黄色,为马蹄状。

送行宴上,当吴平把这道菜一端上桌子,指着盘里的菜对大家说:"这道菜叫马蹄酥鳝,是用鳝鱼和猪肉做的,做成了马蹄的形状。咱们盼望昭君姑娘出去后还惦记着家乡,有一天能骑着马回家乡看看。"众人听罢,齐声叫好。

因为有纪念王昭君这个特殊的意义,马蹄酥鳝先在秭归流行起来,后来传遍了湖北。

王嫱,字昭君。此画像取自清陆昶辑《历朝名媛诗词》十二卷。

羊肉 味甘、性温、无毒。补体虚,祛寒冷;益肾气,开胃健力。暑热天或发热病人慎食。最适宜于冬季食用。

羊肉烩面

● 食话 ●

相传唐太宗李世民在登基前,曾被敌兵追赶,落难藏身于一个回民的农家院子里。那是三九严寒的天气,回民母子心地善良,见李世民身体虚弱,家里又没什么可以补身子的东西,于是就将家中仅有的一头麋鹿宰了炖汤。麋鹿是很珍贵的动物,它的角似鹿非鹿、头似马非马、身似羊非羊、蹄似牛非牛,俗称"四不像"。接着,他们又和面,想做碗面条为李世民解饿。无奈此时外头有了风吹草动,追兵似要赶到,李世民再不赶路就要被抓走。在这紧急的情势下,老妇人草草地将面团拉扯成面片,直接下入炖着的麋鹿汤中,煮熟后端给了李世民,他吃得满头大汗,身子立刻暖和了,不觉精神大振。吃完后李世民立刻策马谢别。

李世民当上了皇帝之后,整日吃些山珍海味,日子一长,也觉得没什么特别的滋味。想了想,还是逃难时吃的那碗回民母子做的面最好吃。李世民一想到他们的救命之恩,决定派人去寻访回民母子,准备厚加赏赐。

功夫不负有心人,终于找到了那对回民母子。李世民不仅赏给他们许多金银财宝,还命御厨向老人家拜师学艺。厨师学成之后,唐朝宫廷的御膳谱上就多了这救命之面,因为祥瑞御兽里的麒麟也有俗称叫"四不像",为了讨个好口彩,这种面就叫"麒麟面"。

后来,因为麋鹿极其稀少,要捕到一只都很困难,宫廷御厨只得取

郑州有"烩面之城"之称。"合记"的羊肉烩面,"萧记"的三鲜烩面,"白记"的养生烩面,都是很著名的烩面。

山羊代替四不像,麒麟面也改称羊肉烩面。羊肉烩面便成为宫庭名膳,长盛不衰。

一直到清末,一个擅长做烩面的御厨因忍受不了宫中的苛刻规矩,逃出皇宫隐居河南,让原本是御膳的羊肉烩面真正流传到了民间。

唐太宗李世民画像

胡椒

味辛,大温,无毒。主要成分是胡椒碱,含有一定量的芳香油、粗蛋白、粗脂肪,能祛腥、解油腻,助消化。溃疡、痔疮、眼疾患者慎食。

胡辣汤

● 食话 ●

北宋末年,宋徽宗身边有个小太监,因善于揣摩圣上的心思,深得宋徽宗喜爱,常带他出宫游玩。这年夏天,宋徽宗让他回乡省亲,小太监在宫内养尊处优惯了,哪经得了长途跋涉,几天走下来累得半死,正好路过嵩山少林寺,急忙进去歇歇脚。

方丈知道来人是皇上身边的红人,自然热情款待,奉上一碗少林秘制解暑汤。小太监饮后觉得神清气爽。临行时他向方丈讨要解暑汤秘方,方丈哪敢怠慢,马上赠给了他。

回到老家,小太监天天酒肉无度。他食量大,却便秘,听说老家有郎中专治这病,就上门去要方子。一试,果然很有效果。

小太监觉得这两个方子很有用,回宫后便寻思将它们献给宋徽宗。他找来御膳房的太监及太医,将两个方子结合起来,反复试验,做出一种色香味俱佳的汤来。小太监让宋徽宗连饮数日,宋徽宗果然精神矍铄,龙颜大悦,赐小太监国姓"赵",御封此汤为"赵氏延年益寿汤"。

后来,金兵攻破开封城,掳走了宋徽宗。战乱之中,小太监随逃难人群向南而去。由于长途奔波,没过多久便身染重疾。等他逃到逍遥镇码头时,小太监再也支撑不住,昏倒在码头上的一个茶水摊前。次日一早,卖茶的王老汉发现摊前躺着一个人,便将他拖到屋内救治。

王老汉收留了小太监。为报救命之恩,小太监将"延年益寿汤"的方子给了王老汉。在小太监的帮助之下，王老汉将茶水摊变成了早点摊。当时的逍遥镇已成金人之地，金人喜食牛羊肉，小太监就在延年益寿汤中加入牛羊肉，熬成牛羊肉汤粥。

一天，一个金人客商不慎将随身携带的香料散落在汤桶内，老汉舍不得把汤倒掉，随手搅和一下又盛给客人，客人喝罢连声赞好。小太监甚是纳闷，舀出一尝，辣香醇郁，沁人心肺。原来，汤中近三十味中药内本来就有干姜、良姜、荜拨、肉桂、山奈等，辛辣味已够醇厚，再加上这种香料的冲味，一下子把这种辛香味激活到极致。小太监忙问金人所遗何物、何处购买。金人告诉他，这种香料叫"胡椒"。从此，这"延年益寿汤"里又多了一味胡椒，名声大振。为了方便好记，小太监把汤的名字改为了"胡辣汤"。

王老汉去世后，小太监在继续经营胡辣汤的基础上，增加了羊肉包子、锅盔、烧饼等，且胡辣汤一年四季配方不同，"春夏养阳，秋冬养阴"，成了河南的名小吃。

宋徽宗赵佶画像

白萝卜

白萝卜含芥子油、淀粉酶和粗纤维，具有促进消化、增强食欲，加快胃肠蠕动和止咳化痰的作用。所含的多种酶，能分解致癌的亚硝酸胺，具有防癌作用。

洛阳燕菜

● 食话 ●

传说武则天称帝以后，天下太平无事，民间还发现了不少"祥瑞"，什么麦生三头，谷长三穗之类，武则天每每听闻民间传来的祥瑞奇闻，自然是满心欢喜，十分满意。

这年秋天，洛阳东关外地里长出了一个大白萝卜，长有三尺，上青下白。这个异常庞大的白萝卜，理所当然被当成吉祥之物敬献给了女皇。武则天马上命皇宫御厨将这个大白萝卜做成菜，来尝一尝它的味道。

普普通通的白萝卜能做出什么好菜呢？但女皇之命又不敢不遵，御厨没有办法，只好硬着头皮，对白萝卜进行了多道加工，并加入海参、鱿鱼、鸡肉，烹制成汤羹。武则天品尝之后，觉得鲜美爽口，倒有几分燕窝汤的味道，就赐名这道菜为"假燕菜"。

从此，武则天的菜单上就加上了"假燕菜"，成为武则天经常指明要吃的一道菜肴。女皇的喜好，也影响了一大批贵族、官僚，大家在设宴时都要赶这个时髦，把"假燕菜"作为宴席头道菜。即使在没有白萝卜的季节，也要想法用其他蔬菜来做成"假燕菜"，以免掉了身价。

宫廷和官场的喜好，也极大地影响了民间的饮食方式，从那时起，人们不论婚丧嫁娶，还是待客娱友，都把"假燕菜"作为整个宴席的首道菜。

后来,随着时代的推移,武则天的赐名逐渐湮没。日久天长,大家都把它叫做了"洛阳燕菜",流传至今。

武则天画像

冀菜——
咸鲜口味，以酱香、浓香、清香三个香型为主。烹调技艺全面；注重火候和入味，突出质感和味感，擅长刀工和熘炒菜。

贵妃鸡

晋菜——
以山西为发源地的菜系，基本风味以咸香为主，甜酸为辅。选料朴实，注重火功，成菜后讲究原汁原味。

山西

刀削面

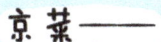

京菜——

北京以都城的特殊地位，集全国烹饪技术之大成，不断地吸收各地饮食精华。北京菜中，最具有特色的要算是烤鸭和涮羊肉。

北京烤鸭

鲁菜——

鲁菜对火候的运用极为注重。刀法丰富多变，菜品造型大气敦厚。追求鲜香脆嫩，有儒家美学的风格。

煎饼卷大葱蘸大酱

全聚德烤鸭

　　清朝同治年间的京城里,有个专卖生鸡生鸭的小商贩叫杨全仁,经过好多年的积攒,他存了笔钱,想开个饭庄。杨全仁看准时机,倾其所有买下了前门大街一家叫做"德聚全"的干果铺的铺底儿。为了除晦气,他把原来的名号倒过来,改叫"全聚德",还请来一位名叫钱子龙的秀才,题写了"全聚德"牌匾,这个叫"全聚德"的饭庄就正式开张了。

　　刚开张的时候,杨全仁请了几位山东荣成的厨师,卖烤鸭子和烤炉肉。杨全仁对烤鸭情有独钟,觉得这是一项能赚大钱的买卖。当时的京城,卖焖炉烤鸭的铺子很多,杨全仁决意另辟蹊径,采用挂炉的方式。挂炉炉身高大、炉膛深广,一炉就能烤十几只鸭子,还能随时添入生鸭,比焖炉烤得快。杨全仁不惜重金,聘了一个技术高超的孙师傅。孙师傅来到全聚德后,开始制作挂炉烤鸭。孙师傅烤的鸭子很快赢得了回头客,生意越来越红火。

　　杨全仁想把买卖做大,决定花六百两银子盖一幢二层小楼,但与施工方发生了争执,这一拖就是十几年,没等到竣工,六十八岁的杨全仁病故,留下了难以瞑目的遗憾。他的小儿子杨庆茂开始掌管店铺,小楼终于在光绪二十七年(公元1901年)竣工了。当时,中间大门和一层的两边,篆刻的大字赫然醒目,"全聚德"居中,"鸡鸭店"在左,"老炉铺"在右,表示不能忘本。同时,全聚德又增添了各式炒菜,发展成为一个

北京烤鸭用的都是纯白京鸭,即用填喂方法育肥的一种白鸭,又名"填鸭"。梁实秋的《烧鸭》中写道:"……讲究片得薄,每一片有皮有油有肉,随后一盘瘦肉,最后是鸭头鸭尖,大功告成。"

名副其实的饭庄。

全聚德首创了一个"一鸭四吃",用鸭身上的各个部位、脏器烹制而成。"一鸭四吃"这种方式曾为全聚德招徕了不少顾客。久而久之,在全聚德的菜单上,除了传统的鸭丝烹掐菜、鸭油蛋羹等等之外,又增添了红烧鸭舌、烩鸭腰、烩鸭胰、烩鸭血、炒鸭肠、糟鸭片等。

全聚德——这个古老的字号,历尽百多年来的社会动荡,从清朝覆亡,到军阀混战,外族入侵,沧桑变化,却至今不倒,并且生意越来越兴旺。

这是20世纪40年代,一个外国记者在全聚德拍的老照片。
在全聚德吃烤鸭,配料也很讲究,图中顺时针方向分别是:
京葱段、荷叶饼、甜面酱和芝麻烧饼。

臭豆腐

以优质黄豆为原料发酵腌制而成,豆腐中所含蛋白质分解产生硫化氢,有刺鼻的臭味;还会产生氨基酸,有鲜美的滋味,故"闻着臭,吃着香"。富含植物性乳酸菌,具有很好的调节肠道及健胃功效。

王致和臭豆腐

● 食话 ●

清朝康熙年间,有个叫王致和的人在北京前门外延寿街开了一家豆腐坊。

这年夏天,王致和因为要给儿子娶媳妇,急等着用钱,就让全家没日没夜地做豆腐卖钱。说来也真是不巧,这天他们做了很多豆腐,来买的人却寥寥无几。大热的天,眼看白嫩嫩的豆腐就要变馊,王致和心里那个疼啊,急得汗珠直滚。常言道急中生智,王致和的汗珠儿流进了嘴里,一股咸丝丝的味儿,忽然使他想到了盐。王致和怀着侥幸的心理,端出盐罐,往所有的豆腐上都撒了一层盐,为了减少馊味,他还撒上了一些花椒粉之类的香料,然后把这些豆腐放进缸中,摆在了后堂。

过了一段时间,王致和忙得忘记了那缸腌着的豆腐。这天,一股奇异的味道从后堂传来,王致和一下子想到了那些撒了盐的豆腐,急忙赶到后堂一看:呀,白白的豆腐竟然全部变成了一块块青色的豆腐!他想,坏事了,看来撒盐也没用啊,豆腐都发黑变臭了。王致和又舍不得扔掉,就拿起一块,放到嘴里尝一尝。不尝不知道,一尝吓一跳,王致和做了一辈子豆腐,还从来没有尝到过这样的美味!他喜出望外,立刻发动老婆孩子,把那些变黑的豆腐搬出店外摆摊叫卖。摊头还挂起了一面旗子,上书"臭中有奇香"。

市人从未见过这种豆腐,有些人出于好奇之心,就买几块回去。尝过之后,虽感臭气不雅,但觉味道颇佳。一传十,十传百,不到一上午,几屉臭豆腐售卖一空。没过多久,这种臭豆腐成了王致和豆腐坊的招牌。

消息传进皇宫,也传进了慈禧太后的耳朵里。一日,她指名说宵夜要吃小窝头和臭豆腐,立即遣人去王致和豆腐坊买。慈禧吃过之后,对王致和臭豆腐赞不绝口,嫌其名字不雅,特赐名"青方"。自那以后,王致和臭豆腐的名气大振,买卖也越发兴隆了。

后来,许多豆腐店效法王致和,都做起臭豆腐来,但生意终不及正宗王致和豆腐坊。

天福号酱肘子

清乾隆三年，山东人老刘来到北京，在西单牌楼旁边开了个肉铺，专卖煮好的熟肉。不过呢，这肉铺小，所以老刘也没给它起个名号。这天，老刘外出进货，冷不丁在一个旧货摊上看见一块旧牌匾，上面写着"天福号"，字是用颜体写的，相当漂亮。天福天福，不正是上天赐福吗？老刘这么一想，二话没说就买了下来。回去后把牌匾挂在自家门脸儿上，小店顿时提了不少精气神。从此，"天福"就成了肉铺的名号。

后来有一天晚上，轮到老刘的儿子看锅，他看着看着竟睡着了。等他醒来一看，肉都快煮烂了，锅里只剩一点点稠汁，差点要糊，他赶紧把肉起出了锅。如果重新另做，天都快亮了，已来不及了。不做吧，第二天卖什么呀？没法子，他只好把软烂如泥的酱肘放凉，涂上仅有的一点原汁，想把酱肘子绷绷紧。恰巧这一天，有一位刑部的大官来这里买酱肘子。老刘他儿子战战兢兢地把烧烂的肘子卖给了他。这位大官回家一尝，觉得这肘子肉皮油亮、肥而不腻，无论是皮是肉，都熟烂香嫩、味道绝佳。

第二天，这位大官特意跑到天福号肉铺，老刘爷儿俩一见，以为客人要说昨天的肘子难吃，忙低声下气地鞠躬，准备道歉。没想到，大官百般赞扬了昨天的酱肘子，并说还要吃昨天那样的。老刘爷儿俩喜出望外。

打这儿起,爷儿俩就按照"失误"的做法专心研究,什么时间用什么样的火,什么时间加汤加料,经过一段时间的摸索,终于总结出一套做肘子的绝活儿。从此,天福号就沿用了这种煮法,由于火候到家,味道绝美,名声大振。传来传去,天福号酱肘子的名气,传到了宫中。慈禧太后听说后,买回去一尝,非常喜欢,告诉御膳房,让天福号按月送入宫中,还专门发了进宫的腰牌。这样,天福号的酱肘子成了贡品。从此,天福号就以酱肘子得名了。

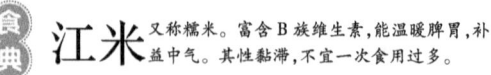

食典 **江米** 又称糯米。富含B族维生素,能温暖脾胃,补益中气。其性黏滞,不宜一次食用过多。

艾窝窝

● 食话 ●

艾窝窝是用江米饭团包上各种各样的馅制成的一种点心,是北京百姓喜爱的美食。艾窝窝历史悠久,这里面还有一段传说。

当年乾隆平息了边疆叛乱后,把在新疆看上的一个民女抢到宫中做他的妃子,就是香妃。香妃被抢到北京后,日夜茶饭不思。这可急坏了乾隆,于是传旨给御膳房,有谁能做出香妃爱吃的东西,不但升官,还赏银千两。这一来,御厨们大显身手,纷纷使出了看家本领。山珍海味、风味名吃,做了数千样,让宫女们用盘托着,排着队从香妃面前走过,但香妃连看也不看。乾隆只好下旨叫白帽营的人给香妃做两道家乡的食物送进宫。

香妃的丈夫自从香妃被抢进宫后,也跋山涉水从新疆来到北京,藏身在白帽营里,想方设法打听香妃的下落。当他听说皇帝下旨让白帽营的人做一样最好吃的东西送进宫去给香妃吃时,觉得这是个联系的好机会,于是,他就做了一盘江米团子。这江米团子是他家祖传的自制点心,香妃见到这江米团子,就会知道她丈夫来了。

江米团子做好后,宫中派去的人问香妃的丈夫,这点心叫什么名字。他想自己姓艾买提,那就叫艾窝窝吧。宫女把艾窝窝端到香妃面前,香妃一见,眼睛一亮,知道丈夫来了京城,便强打精神,用手拿起一个艾窝窝,轻轻地咬了一口。

乾隆听说香妃吃东西了，高兴得什么似的，他下旨让白帽营的艾买提天天做艾窝窝送进宫来。从此，艾买提就天天做艾窝窝送进宫来，艾窝窝也就出了名。

传说中的香妃戎装画像。

山楂

性微温、味甘酸。消积，行淤，化滞。具有降血脂、血压、强心和抗心律不齐等作用。山楂内的黄酮类化合物，是一种抗癌作用较强的药物。孕妇慎食。

冰糖葫芦

● 食话 ●

冰糖葫芦酸甜可口，是京城著名小吃。要问冰糖葫芦的来历，还得说说南宋的宋光宗呢。

宋光宗有一个最宠爱的妃子，叫黄贵妃。这一年，黄贵妃病了，病得面黄肌瘦，不思饮食。御医用了许多贵重药品，服用后都没什么明显的效果。宋光宗见爱妃日渐憔悴，自己也心疼得整日愁眉不展。最后无奈之下，只好到民间张榜求医。

有一位江湖郎中揭榜后进宫，为黄贵妃诊脉后说："只要用绵白糖与红果（即山楂）煎熬，每顿饭前吃五至十枚，不出半月病准见好。"

一开始，大家不相信，这么简单的法子能治病？宋光宗将信将疑，但是他觉得这东西简单易做，不如试试。好在这种吃法很合黄贵妃的口味，黄贵妃按此办法服用，果然胃口大开，恢复了往日的精神。原来，是黄贵妃所食山珍海味太多，积滞不下，才茶饭不思。小小山楂能够消食积，这样就消除了黄贵妃的毛病。宋光宗大喜，立刻赏赐了那个郎中许多金银财宝。

后来，这个故事传到了民间，老百姓也流行起吃绵白糖和山楂。民间有人想出个法子，把做好的白糖山楂串起来，等冷却后，白糖裹在山楂外面，成了层透明似冰的脆糖衣，特别可口，拿起来也方便。这种吃法流行开来，就成了最早的冰糖葫芦。

北京有两家的糖葫芦特别正宗,一家在东安市场里,一家就是信远斋。每年冬天,两家的糖葫芦就开始上市,尤以信远斋的糖葫芦最有特色,只用一根两寸长短的竹签穿一个大个山里红,称为"独果糖葫芦"。

山楂以果大、肉厚、核少、皮红者为佳。

狗不理包子

天津有种著名的小吃叫狗不理包子。为啥这包子要叫这么一个怪名字呢?

据说,清朝的时候,在天津武清县有一个少年,名叫高贵有。他天生性格倔强,一股牛脾气。因为是老来得子,所以他爹就给他起了个小名叫"狗子",希望他能像小狗一样好养活。

高贵有到了十四岁的时候,父亲想为他安排个好营生,心里寻思着要让他学些手艺。碰巧有位邻居的亲戚在天津城里做事,便拜托他把高贵有带出去,找点事干。

到了天津城内,高贵有被介绍到一家"刘家蒸吃铺"里当小伙计。刘家蒸吃铺坐落在天津城北,与南运河紧紧相邻,来往的都是些船工、纤夫和小商小贩。刘家蒸吃铺便专做很受他们欢迎的蒸食和肉包。

高贵有从小吃惯了苦,所以干活很勤快,加上人又聪明,什么东西一学就会,后来铺子里就让他专门做包子。两位老师傅看他聪明好学,便处处指点他,所以他做包子的手艺提高得很快。

三年满师后,高贵有已经精通了做包子的技艺,于是便请人帮忙,在附近找了一间小屋,单独扯旗开张,搞了一家专门经营包子的小铺。高贵有拿出了全部本事,他用猪肉佐以排骨汤或肚汤,加上小磨香油、特制酱油、姜末、葱末、调味剂等,精心调拌成包子馅料;包子皮擀成厚薄均匀的圆形皮,再包入馅料。每个包子有固定的十八个褶,褶花疏密一致。这样精心做出来的包子特别好吃,名声一传开,真叫一个门庭若市,应接不暇。高贵有还给自己的包子铺起了个文绉绉的名字,叫"德聚号"。

一次,几位顾客慕名而来,进门就喊道:"请问这儿是德聚号包子吗?"高贵有正在拼命做包子、蒸包子,实在是忙得不可开交,根本无暇理会顾客的问话。旁边的熟客见状,嬉笑着说:"狗子卖包子,不理人!"

久而久之,大家给高贵有起了个绰号,叫"狗不理",渐渐的,"德聚号"三个字也被人们淡忘了,都管他的店铺叫"狗不理包子"了。

高贵有的狗不理包子就这样越传越有名,成了远近闻名的小吃。

狗不理的包子以精致闻名,什锦包等单个一笼,上桌时很好看。

大葱

味辛,性微温。富含维生素C,可促进血液循环,降低坏胆固醇的堆积。所含的果胶,可明显减少结肠癌的发生几率。农历正月的大葱非常滋补,贫血、怕冷的人,应多吃正月葱。

煎饼卷大葱

● 食话 ●

从前有个姑娘叫黄妹,家住沂蒙山下。她父母双亡,跟着姑妈过活。她漂亮又聪明,心灵又手巧,方圆几百里的人都知道黄妹,很多有钱人都想娶她做媳妇。可是,黄妹却和同乡一个叫梁马的穷小子悄悄定了情,两人情投意合,十分相爱。

黄妹的姑妈是个贪财的女人,她背着黄妹,收了一户富贵人家的许多钱财,答应把黄妹嫁给他。黄妹怎么可能应允,誓死不从。姑妈无法"交账",就暗中设下了一条诡计。

这天,姑妈把梁马请来,笑嘻嘻地说:"你家条件不好,就到我家来读书吧。等到考取了功名,就和黄妹成婚。"梁马赶忙施礼道谢。姑妈说:"我已经给你收拾了一间书房。你看,还需要什么?"梁马说:"只要有纸笔墨,其他都不需要了。""噢,真的?"姑妈急忙对左右家奴大声说,"你们都听到了,这孩子啥也不要,只要纸笔墨!"

梁马搬进书房一看,果然不错,纸笔砚墨,样样齐全。他高高兴兴地读起书来。从早晨念到月亮偏西,却不见送饭的人影。梁马这才恍然大悟:上当了!

原来,姑妈抓住他"只要纸笔墨"这句话,做起文章来。先饿他三天三夜,他就是不死,也要饿跑。他一跑,就说他是偷了黄家财物而逃。到那时,黄妹不可能与梁马在一起了。

黄妹知道这事后急坏了。她一边跺着脚暗骂姑妈,一边搓着手冥思苦想。忽然,她心头一亮,有了主意。她做了三样吃的,然后派丫环把这三样立刻给梁马送去。

丫环刚到小院门口,就被截住了:"只许送进纸笔墨!"丫环把手中包裹一亮:"正是送'纸'、'笔'、'墨'!"家奴一看,果然是白纸包着笔,还有墨汁,就放她进去了。

这时,梁马饿得头晕眼花,听说黄妹叫人送东西来,赶紧接过打开。一看,除了白纸、笔和墨汁,什么也没有。忽然,梁马发觉从纸笔墨中透出一股香味,再张口一咬,哎呀! 原来是煎饼、大葱和大酱! 梁马用煎饼卷上大葱,蘸着大酱吃了个饱,暗暗佩服黄妹心灵手巧!

三天过去了,姑妈问家奴:"梁马饿跑了吗?"家奴急忙打一躬说:"说来也怪,他把纸、笔、墨都吃了!"姑妈哪里相信,把手一摆,说:"带我去看看!"

姑妈鬼鬼祟祟地来到书房窗外,戳破窗纸一看,惊得她目瞪口呆。梁马真的大口大口地吃纸笔墨呢!

姑妈急忙将梁马唤到正房,假惺惺地询问一番。梁马故作轻松地说:"我九岁时,曾跟一位仙师学'点石成金'法,把纸、笔、墨轻轻一点,它们就又香又甜,可以充饥了! 只是仙师有嘱,考取功名之前,只能试点三次,中榜之后,才能随心所欲。"那贪财的姑妈听到"点石成金"四个字,眼珠都快要凸出来了:"贤婿啊,那时可别忘了岳母哇!"梁马冷笑着说:"我还要报答您的恩情呢!""好! 好……"姑妈高兴得神魂飘荡,立即退掉了富人家的那桩亲事,对梁马敬如上宾。

一年之后,梁马考中了头名状元,将黄妹接到京城成了婚,他们再也不用看姑妈的脸色行事了。

刀削面

传说，蒙古人建立元朝后，为防"汉人"造反，将晋中家家户户的金属全部没收，并规定每十户只能用厨刀一把，轮流使用后再交回蒙古人保管。

一天中午，一位老婆婆将高粱面和成面团，让老汉去取刀。结果刀已经被别家取走，老汉只好回家，在出蒙古人的大门时，门上的一块薄铁皮掉了下来，老汉忽然有了主意，捡起薄铁皮揣在怀里带回了家。此时，锅里的水已经开了，刀却没取回来，老婆婆急得直跺脚。就在这当口，老汉不急不忙地取出薄铁皮说："就用这个来做面吃吧！"

老婆婆一看，铁皮薄而软，嘟囔着说："这么软的东西怎能切面条？"

老汉笑嘻嘻地说："切不动就削呗。"

说完，老汉把面团放在一块木板上，左手端着木板，右手持着铁片，站在开水锅边"削"面。一片片面片落入锅内，煮熟后捞到碗里，浇上卤汁，别有风味。这个方法就这样一传十，十传百，传遍了晋中大地。

刀削面在流传的过程中，不断地做着改进，薄铁皮也渐渐演变成一种特殊的弯刀。削面师傅的技巧也出了不少花样，有民谣称赞刀削面师傅的高超技巧，说："一叶落锅一叶飘，一叶离面又出刀，银鱼落水翻白浪，柳叶乘风下树梢。"刀削面的浇头也越来越多：有番茄酱、肉炸酱、羊肉汤、金针木耳鸡蛋打卤等,并配上应时鲜菜,如黄瓜丝、韭菜花、绿豆芽、煮黄豆、青蒜末、辣椒面等,再滴上点儿老陈醋,吃起来滋味妙不可言。刀削面就这样成了山西最著名的小吃。

元代黑褐彩刻花高足碗,可用来饮酒。

贵妃鸡

相传在唐代，一次，诗人李白献给杨贵妃一幅画，画的是杨贵妃醉卧床榻，床头上伏着一只鸡，床下有一只羊。杨贵妃看了好久，还是不明白什么意思。

杨贵妃心生怒气，次日召见李白，问道："你给我的画是什么意思？"

李白从容不迫地答道："画上的羊是指属羊的人，鸡是比娘娘小一岁的人，娘娘如能杀了这两人，可高寿八十，如灭一人，也可无疾而终。如果一个不舍，必有大难临头。"

杨贵妃暗暗想，在自己周围只有家兄杨国忠属羊，比自己小一岁的是安禄山，想到这里，不禁为李白窥察自己隐私而脸红。杨贵妃思索之后，遂下旨御厨烹制全鸡和全羊。其中，鸡的做法很特别，取肥母鸡为主料，经油炸后，以文火炖至烂熟，再洒上一杯美酒，立刻香气醉人，撩人胃口。随后，她将这两道菜送去给李白享用。李白明白，这是杨贵妃在暗示她要保全安禄山和杨国忠，只好暗自感叹杨贵妃命不久矣。

不久之后，杨贵妃果然在安史之乱中死于非命，而她下令烹制的鸡却因做法特别而流传下来，被后人称为"贵妃鸡"。

杨贵妃图,日本画家高久霭厓江户时期所作。

一、准备鸡翅膀若干,京葱、姜块、绍酒、红葡萄酒等配料;
二、鸡翅用绍酒、酱油腌渍20分钟,放入油锅炸至外皮金黄,沥干;
三、油锅烧热,放京葱、姜块煸香,将鸡翅膀倒入,放入酱油、白糖及高汤,滚沸后转文火上焖20分钟。待鸡翅酥熟,改用旺火收汁。出锅前喷少许红葡萄酒即成。

东北·西北篇

东北菜——

东北菜融合了中国其他菜系
的特点。一菜多味，咸甜分
的酸菜和蔬菜蘸大酱，是其
没有的。

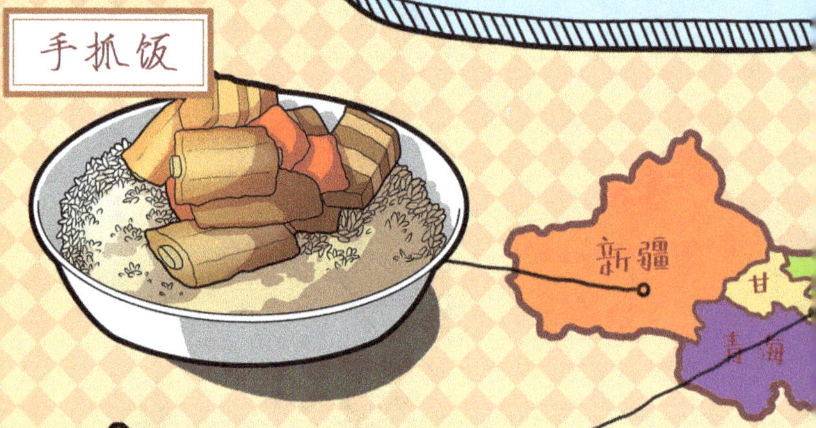
手抓饭
新疆
甘
青海

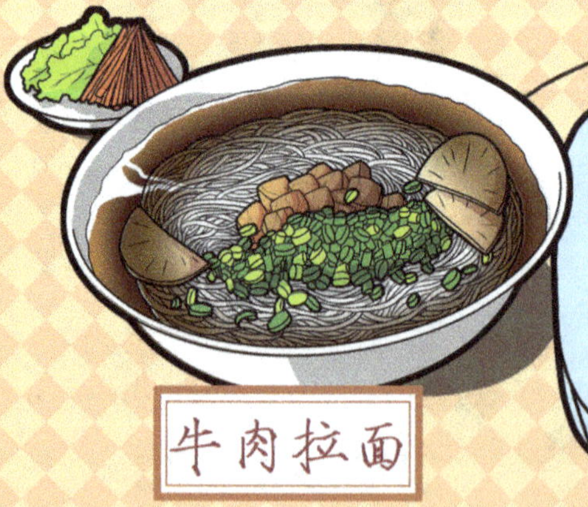
牛肉拉面

西北

以牛羊肉为主，
主味突出，酸
出头。多用香
干辣椒、陈

…饮食
…好吃
…菜所

黑龙
古
蒙
辽宁

锅包肉

羊肉泡馍

臊子面

…妤味为辅.
…或只有一味
…料，还常选
…椒等.

锅包肉

东北有道名吃,叫锅包肉。其实,这道菜曾经叫"黄金肉"。为什么呢?因为这道菜最先的发明者,竟是大名鼎鼎的努尔哈赤。

努尔哈赤年轻的时候,日子过得很艰苦。为了糊口,他进了总兵府当火头军,伺候总兵老爷一家大小的饭菜饮食。总兵大人是位养尊处优的人,一日三餐异常讲究。总兵府有着严厉的家规:每餐必须做好八菜一汤,而且天天不得重样。下人要是做不到这些,轻则要受皮肉之苦;要是惹得总兵老爷生气了,做饭的丢了饭碗,就得去沿街乞讨过日子了。

按说总兵府家厨虽不足十人,也有八、九个之多。大家只好分工行事,每人每天设计一菜。这一天,其他七人均已成竹在胸,唯独努尔哈赤没有着落,眼看开饭时刻已到,人家烧炒已毕,七样菜入盘待上了,这时努尔哈赤急中生智,将里脊肉片裹上鸡蛋面糊入锅快炸,顿时香气四溢。菜齐了之后,就端上席了。

等到总兵一家吃饱喝足,下人开始收拾剩菜剩饭,八个家厨也凑了过去,看看他们今天最喜欢吃哪一道菜。奇怪的是,其他七个菜基本上都剩下了,唯独努尔哈赤上的菜全吃光了,连盘底都干净明亮。这时大伙才注意到努尔哈赤背着众人,正将脸蛋转到后边,偷偷地发笑呢。以后一连三天,总兵老爷都指名要吃努尔哈赤做的那道肉肴,问其菜名是

清末,哈尔滨有个官厨叫郑兴文。衙门经常要宴请俄罗斯客人,他们喜欢甜酸口味,于是,郑兴文把"黄金肉"原来的鲜咸口味改为甜酸口味,让俄罗斯客人非常喜欢。郑兴文给这道菜起名为"锅爆肉",俄罗斯人总发不准爆这个音,时间一长,衍化成今天的"锅包肉"。

什么,努尔哈赤想了想,回答道:"黄金肉。"

努尔哈赤用一道"黄金肉"讨得了主子欢心,总兵老爷将这道菜正式列入家肴首席,经常用来招待出入官府的官员。这还是小事一桩,此后,努尔哈赤得以亲近总兵,茶余饭后学到了不少治军领兵之道,对他日后的发展,则可谓大有裨益。

努尔哈赤对军事谋略用心学习,在许多年的积累和实践中,他终于成为清朝第一位皇帝,他和子孙们建立的满清政府统治了中国四百余年。

一、里脊肉切成薄片,用精盐、料酒拌匀腌渍十分钟;
二、腌好的肉片拍干淀粉,再用水淀粉及少许色拉油调成面糊。用酱油、白糖、米醋、高汤、水淀粉拌成汁;
三、热锅,肉片挂糊,展开后逐一下锅,炸至发黄,捞出沥油;
四、用锅内剩余的油将姜丝、葱丝炸香,复炸肉片,加入酱汁,迅速翻炒后起锅即成。

涮羊肉

元朝的时候,忽必烈常常带领军队南下打仗。有一回打完仗,他们正往回走,人困马乏,士气低迷。忽必烈的副将请求休息一下,弄点儿吃的。忽必烈也饿了,就答应部队停止行军,赶紧弄吃的。

忽必烈一下子非常想吃大草原上的清炖羊肉,就叫随军的厨子赶紧做。厨子把羊肉切成大块,还准备了点儿盐,好蘸着清炖羊肉吃。正当大锅里的水烧开的时候,刺探敌情的人忽然来报,说敌人从后面追上来了。忽必烈看着已经切好的大块羊肉,实在是舍不得扔掉,可要放到锅里炖熟,时间又来不及了。情急之下,忽必烈想出个办法来,他说:"你们快把羊肉切成薄片,放到热水里煮一下。"士兵们一听,马上把羊肉切成了薄片,放到锅里,果然一下锅就熟了,蘸点儿盐就能吃。士兵们三下五除二消灭了这些羊肉,恢复了士气。等到敌人追上来后,忽必烈带领士们杀了一个回马枪,打了一个大胜仗。

回到驻地后,忽必烈开了庆功宴,犒劳全体将士。

这时,有人对忽必烈说:"那天亏得您想出了吃羊肉的新办法,要不也不会有这场胜利。"

叫别人一提醒,忽必烈说:"是啊,这么吃羊肉我也是头一回,赶快叫厨子再做一锅来,让我们好好饱饱口福。"

厨子觉得用清水煮羊肉蘸盐吃,口感还是差点儿,需要改进改进。

赵大年在《涮羊肉》一文中写道："传说涮羊肉的吃法来自满蒙。这有根据。北京最著名的涮羊肉馆就叫东来顺，还有西来顺，北来顺，又一顺，都来顺，可见这些店家都是从东北和西北迁来的。"

几个厨子一合计，决定先把佐料放到汤里，等鲜汤煮沸，再把羊肉放进去煮。羊肉从汤里捞出来后，厨子又配了葱花、姜末、辣椒末等佐料，让忽必烈等人用羊肉蘸着吃。忽必烈和手下的将领蘸着佐料吃完羊肉，赞不绝口："从来没吃过这么好的羊肉。"

厨子对忽必烈说："这菜是您发明的，请给起个名字吧。"

忽必烈看到几个厨子把羊肉在大锅里涮来涮去，有了主意，说："就叫'涮羊肉'吧！"

后来，火锅涮羊肉走向了民间，成为北方老百姓喜欢的美食。

传说中，元太祖忽必烈发明出了"涮羊肉"这种巧妙吃法。

樊家腊汁肉

相传唐朝时期,长安城东有位姓樊的官宦人家,为人正直。那年陕南遭受水灾,不少人逃到了长安。樊家就开仓放粮,救济难民。

这天,樊老爷拜朝回府,刚走到东门外,就看见一个衣衫褴褛的小伙跪在一具尸首旁放声恸哭。一问之下,才知他跟着老母逃难到这里,老母却不幸身亡,连下葬都没有办法。樊老爷听了,十分同情,立马让家里人帮助他安葬了老母,还送了小伙纹银百两,让他好去谋生。

过了十年,这个小伙靠卖腊汁肉,攒了些钱。为报答樊府的恩情,小伙就借樊老爷80寿辰的机会,用百株花椒树的木料,打了一口上好的棺木;再从十头生猪身上剔下500斤猪肉,烹制成上等腊汁肉放进棺内,密封后送进樊府。樊老爷让下人把这具棺木抬入后院柴房,一放就是几年,渐渐地就把这事儿给忘了。

后来,樊老爷冒犯了朝廷,被削职为民,满腹愁苦,一场大病后离开了人世。没过几年,樊家的家产也变卖一空,樊家生活日趋艰难。这时,下人禀告樊夫人,说柴房内还有一口上好的棺木,可变卖度日。樊夫人有些诧异,命人打开棺木,惊讶地发现里面是满满一棺木腊汁肉,香气四溢、色泽鲜嫩。樊夫人让家人拿上一些上街去卖,一会儿工夫便卖完了。吃到的人赞不绝口,没吃到的人感到遗憾。樊家腊汁肉特别好吃的消息不胫而走,登门买肉的越来越多。樊家就在门面口搭了个

要真正领略腊汁肉的风味,最好配刚出炉的白吉馍夹着吃,这便是所谓"肉夹馍"。贾平凹《腊汁肉》一文写道:"是馍夹了肉,偏成肉夹了馍……奇怪的是这个明显错误的名称全体食用者皆承认,可见肉美的威力了。"

铺子专门卖肉,生意非常兴隆。

时间不长,棺木中的腊汁肉所剩不多,樊夫人就出了个主意:买些鲜肉,用棺木中的老卤汁再煮成新的腊汁肉。就这样,樊家便以腊汁肉铺为生计,不仅让生活有了起色,这樊家腊汁肉的名气也越来越大。

岐山臊子面

很早很早以前,有一家人娶了个聪明贤慧的媳妇。媳妇不但勤快、孝顺,还做得一手好面条。来到婆家以后,她常常做饭,花样层出不穷。这天,媳妇又动起了脑筋,想做个新的菜式出来,让全家高兴高兴。她绞尽脑汁,精心做了一顿面条。

媳妇先把上好的白面和硬调软,擀得薄薄的,切得细细的;再将黄花菜、黑木耳、红萝卜、白豆腐切碎炒干作底菜;随后将带皮的猪肉切碎,用生姜、凤椒、茴香、大葱为调料,在油锅中炒熟炖烂做成肉臊子;把鸡蛋摊成薄饼,切成菱形小片,同切细的蒜苗一起做漂菜;最后把水烧开,调上盐、醋、香料,撒上刚才做的漂菜做汤。吃的时候,先在碗内铺上底菜,再捞面,最后浇上肉臊子和汤。这种面条汤头热乎乎,面条少,油水大,面条又薄又光滑,特别有韧劲,吃起来又酸、又辣、又咸,鲜香扑鼻。

媳妇做的这顿面条让全家老小眉开眼笑,大家吃了还想吃,不一会儿,一大锅面条竟被全部吃光了。特别是媳妇的小叔子,人小胃大,一口气吃了好几碗。后来,小叔子总是吵着要吃嫂子做的这种面条。

后来,这个媳妇的小叔子当上了官员。有一年春节,小叔子想起了他小时候嫂子给他们做的面条,就带着家人跑到嫂子家,请年迈的嫂子给他们做顿当年的面条吃。嫂子精心做了顿面条招待当官的小叔子,

贾平凹《陕西小吃小识录》有"臊子面"一文:"岐山是一个县,盛产麦,善吃面条。有九字令:韧柔光,酸辣汪,煎稀香……在岐山,以能擀长面者为女人本事,否则视为家耻。"

他吃后觉得味美不减当年,就称这种面为"嫂子面"。从此,"嫂子面"在当地出名了。

再后来,人们把"嫂"字传为了"臊"字,于是,现在就把这种面叫做"臊子面"。

羊肉泡馍

关于羊肉泡馍,有一段历史传说,和赵匡胤有关。

大宋皇帝赵匡胤在称帝前,曾受困于长安,整天过着忍饥挨饿的生活。

一天,赵匡胤好不容易讨得一块干馍馍,他小口小口地吃着,不知不觉被一阵香味吸引。他顺着香味来到一家店铺前,只见铺子里正在煮着一大锅羊肉汤,已煮到肉烂汤浓。掌柜见他骨瘦如柴很可怜,就让赵匡胤把自己的干馍馍掰碎放在碗里,然后给他浇了一勺滚滚烫的羊肉汤。赵匡胤狼吞虎咽地吃着,感到这真是天底下最好吃的美食。

后来,赵匡胤黄袍加身,做了皇帝。一天,他路过长安,仍然忘不了当年在这里吃过的羊肉泡馍,就和文武大臣专程找到这家饭铺,美美地吃了顿羊肉泡馍,还是感到鲜美无比,胜过皇宫里吃到的山珍海味。赵匡胤重赏了这家店铺的掌柜,掌柜这时才知道,当年的那碗羊肉汤,救了现在的皇帝。

皇上爱吃羊肉泡馍的故事一经传开,羊肉泡馍马上成了风靡长安城的著名小吃。

贾平凹在《陕西小吃小识录》中，写了一段和羊肉泡馍有关的坊间轶事："西安五味巷有一翁，高寿七十。二十年前起，每日来餐一次，馍掰碎后等候烹饪，又买三馍掰碎，食过一碗，将掰碎的馍带回。明日，将碎馍烹饪，又买新馍掰。如此反复，不曾中断。临终，死于掰馍时，家人将碎馍放头侧入棺。"

宋太祖赵匡胤画像

葫芦鸡

唐朝的吏部尚书韦陟是一个美食家,他对吃菜的问题十分挑剔。

一天中午,韦陟对管家说:"我上年纪了,牙口不好,昨天做的鸡我咬不动。"

管家忙问:"老爷,那您想吃什么呢?"

韦陟想了一会儿说:"还是想吃鸡,可是平时那些花样就不要弄了,你想办法给我弄点儿新花样出来。鸡肉要酥嫩,鸡味要鲜香,要是做不出来,就等着挨板子吧。"

管家听完,赶紧跑到厨房去了,把厨子们叫到了一起,告诉他们韦陟想吃鸡。等到提完要求,厨子们赶紧商量,问谁能做这个菜。大家都不吭声,都不想挨板子。厨子头一想,只能这么说,让厨师按照年龄和资质来,年纪最大的姜老厨没办法,只好把这活接了下来。

姜老厨的鸡做好了,没想到韦陟吃后大发雷霆,不仅打了姜老厨一顿,还扣了他的月钱。

按照事先定好的规矩,第二天,轮到中年的刘厨子做这道菜了。刘厨子左思右想,一直想到了半夜三更也没想出个法子,不得已之下,刘厨子悄悄地逃跑了。

管家听说刘厨子跑了,把厨子们叫到一起训话,跺着脚骂了半天。这一回,他指定了厨子头来做这个菜。厨子头战战兢兢地做好了鸡,端给了韦陟。韦陟刚动筷子,鸡肉就碎了。韦陟拍着桌子吼道:"你们是嘲笑我老了,连鸡都嚼不动了吗?来人,把厨子拉下去打四十大板!"

厨子头哪里经得起打,没打几下就哭爹喊娘了。一个下人小贵看着实在不忍心,挺身而出,叫管家不要打了。管家冷笑着说:"小贵,不打他,难道打你吗?"

小贵说:"这鸡我做行不行?做不好,连厨头的板子我一起挨了。"

管家说:"好,算你小子有种!我就给你这次机会。再做不好,小心你的狗命!"然后叫人把厨子头放了,让小贵马上去做。

小贵买来几只小公鸡,买好小公鸡,他发现集市上有个卖葫芦的,小贵眼前一亮,心里有了主意。回到厨房,小贵把小公鸡用马莲草扎成葫芦形状,放进开水里紧皮,再放到高汤里加各种作料煮熟,最后抹上蜂蜜,再放到油锅里炸酥。做出来的鸡,色、味、形俱佳,因为是葫芦形状的,小贵就叫它"葫芦鸡"。

韦陟吃了葫芦鸡,连夸做得好,叫管家赶紧赏赐小贵点银子。此时,别的厨子告诉他,小贵已经不辞而别,远走高飞了。

小贵离开韦陟家以后,把葫芦鸡的做法带到民间,很快就在西安一带流传开了,成为了当地的一道名吃。

海蜇皮

味咸,性平。清热解毒、消肿降压,有抑癌作用。海蜇富含碘元素,配木耳同食,可润肠、美肤、降压,长期食用有益健康。

三皮丝

● **食话** ●

在唐朝,有个厨子叫李松波,开了个小饭馆。他的弟弟在朝廷里做官,被人陷害,关进了大牢。这三个陷害他弟弟的人,外号分别叫"吃人豹"、"食心豹"、"掏肠豹",合称"三豹"。

这天,李松波做了一些酒菜,到大牢看望弟弟。到了大牢的门口,牢头告诉李松波:"李厨子,如果你家里有钱,就赶紧拿出来打点咱们。晚了,恐怕你弟弟的性命就难保了!"

李松波说:"我正在四处张罗银子,想办法把人救出来。今日我只是想给弟弟送点吃的,请大人网开一面。"

牢头说:"不是我不给面子,上面有话,死囚不能见家属!"

就这样,李松波垂头丧气地回去了。他还没筹齐银子,就传来了他弟弟的死讯。

李松波伤心欲绝,他的好友沙平赶来劝慰他。李松波说:"我真不想活了,这三豹欺人太甚了!"

沙平说:"像三豹这样的人渣,早晚是要遭报应的!"

李松波恶狠狠地说:"我一定要想一个法子咒死他们!"

没过多久,李松波的饭馆推出了一道新菜,叫"剥三豹皮"。老百姓都知道这个名字的含义,都赶来捧场。还别说,这道菜不仅寓意深刻,味道也很好。原来,这道菜是用猪肉皮、海蜇皮和乌鸡皮做成的,吃口爽脆。有人吃了这道菜，编了个民谣，唱道："长安城里有三豹，胡作非为狼当道……"随着民谣的流传，李松波"剥三豹皮"这道菜也名声远扬，不少人前来吃这道菜，发泄对三豹的不满。

这件事情很快就传到了三豹的耳朵里。他们气坏了，派出好几路探子，悄悄追查到底是谁最早做"剥三豹皮"的。终于，他们找到了李松波，于是，他们三个人定下了毒计来陷害李松波。

不久，李松波的酒店门前出现了一具尸首，旁边还放了一把厨子用的大号菜刀，这是三豹收买了李松波店里的一个店小二干的。李松波被诬陷杀了人，被官府抓进牢里，秋后问斩了。官府还下令，不得再卖"剥三豹皮"这道菜。

李松波死后，沙平把李松波的尸首收好，埋在他弟弟的身边。沙平把"剥三豹皮"的菜名改为"三皮丝"，意思是把"三豹的皮撕成丝"，这道菜就暗暗地继续流传在民间。直到今天，依然是西安很有影响的一道名菜。

牛肉 味甘,性平。有黄牛肉、水牛肉之分,以黄牛肉为佳。具有补脾胃、益气血、强筋骨、消水肿等功效。蛋白质中所含必需氨基酸和各类微量元素,营养价值很高。

兰州牛肉拉面

● 食话 ●

那是在民国初期,有个回族人叫马保子。他小时候家境贫寒,过惯了苦日子。马保子长大后,再也不想继续穷下去了,他想了想,觉得每个人都要吃饭,要是能开个店卖吃的,一定能挣到钱。那卖什么吃的呢?西北人好面食,马保子打定主意要开一家牛肉面馆。

马保子那时候还没什么钱,所以他就在家里先把热锅牛肉面烧好,再肩挑着面条在城里沿街叫卖。马保子在面汤里动足脑筋,他把煮过牛、羊肝的汤兑入牛肉面,再把浮沫撇去,要的就是汤头的"清"。马保子的牛肉面特别香,大家都争着买他的牛肉面。

就这样,马保子沿街叫卖了好几年,终于攒够了开店钱。店开出来了,马保子想了个主意,推出不要钱的"进店一碗汤",客人只要进了他的店门,伙计就马上送上一碗香喷喷的牛肉汤请客人喝,爽口、醒胃。这一招果然灵,回头客络绎不绝。

马保子的清汤牛肉面渐渐地有了名气,又过了几年,马保子把店让给他儿子马杰三经营。马杰三继续在牛肉清汤的"清"字上下功夫,不断改进父亲创制的牛肉拉面,直到后来名振各方,有人盛赞他们家的牛肉面让人"闻香下马,知味停车"。

直到今天,识别兰州拉面的正宗与否,就看有没有进店免费一碗汤,正宗必有汤赠;二看牛肉拉面的汤是否清,汤浊就不是正宗了。

正宗兰州牛肉拉面有毛细（一碗丝）、二细、韭叶、荞麦棱、宽、大宽之分，口感最好的，首推"二细"。

面的拉制方法是把面团先压成带状（宽面）或搓成长条（细面），再由中间对折拉扯几次。

胡萝卜 味甘、辛,性温。补肝明目,清热解毒。富含维生素 A,可治疗夜盲症;富含植物纤维,通便防癌。素有"小人参"的美称。

手抓饭

● 食话 ●

一千多年前,在新疆有个叫阿布艾里的医生。

阿布艾里老了,走不动路了,身体很虚弱,他很注意身体,饭吃得很少,天天吃好多药,却一点用处都没有。

这天,阿布艾里想,看来得变个法子,他还想多活两年呢。阿布艾里觉得,自己以前是吃药多,吃饭少,不如把药疗改为食疗吧。于是,阿布艾里研究了好多食物的特性,最后选了牛肉、羊肉、胡萝卜、洋葱、清油、羊油和大米,加水加盐后用小火焖熟。这样焖出来的什锦饭色、香、味、香俱全,一下子引起了阿布艾里的食欲。阿布艾里用手把什锦饭拌拌匀,抓成一小团往嘴里送,觉得好吃极了,胃口大开,不一会儿一碗就吃完了。

就这样,阿布艾里早晚各吃一碗这样的什锦饭。不知不觉过了半月,他的身体奇迹般地恢复了健康。周围的人都非常惊奇,以为他吃了什么灵丹妙药。

阿布艾里很乐意地把这个食疗的办法贡献给了大家。一传十,十传百,便成为现在的维吾尔族人最爱吃的手抓饭了。

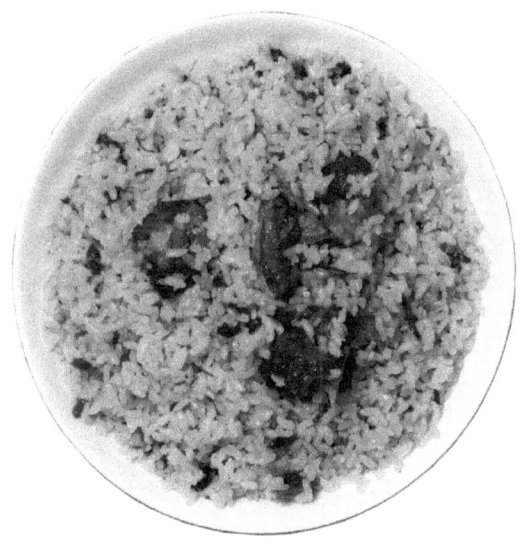

手抓饭是维吾尔族的上等饭，主人通常会做这种饭来招待贵客。

馕的故事

很久以前,在浩瀚的塔克拉玛干大沙漠边缘,牧民们常年累月游牧在人烟稀少的塔里木河两岸。有时一出去少则十天半月,多则一年半载,只好带着干粮上路。时常干涸的塔里木河不能为牧民提供充足的饮水,没过几天,身上的干粮就硬得像戈壁滩上的石头一样,咬也咬不动了。

一天,太阳刚出来就像着了火,一丝风也没有。一个叫吐尔洪的牧羊人被太阳烤得浑身冒油,实在受不了了,就扔下羊群,一口气跑回几十里以外的家中。

吐尔洪一头扎进水缸,刚把头抬起来,头上的水立刻变成了水蒸气。这可怎么办呢?吐尔洪发现老婆放在盆里的一块面团,就不顾一切地抓了过来,像戴毡帽一样严严实实地扣在了头上。面团凉丝丝的,终于让吐尔洪感到舒服了。

吐尔洪就戴着这顶面团"帽子"回去找羊,他走着走着,就闻到了一股香味。吐尔洪一路小跑,香味却始终不散。又过了会儿,吐尔洪摔了一跤,头上的面团滑落在地,摔得粉碎。面团碰到滚烫的地面后,散发出的香味越来越浓,吐尔洪忍不住捡起一块碎饼,放进嘴里尝尝,没想到外焦里嫩,相当好吃。

吐尔洪高兴地把碎饼包起来,一路上,他见到人就送上一块碎饼,等人家说"好吃好吃真好吃"之后,再继续前行。等到不知听过了多少遍"好吃好吃真好吃",吐尔洪才确定,这东西是真的好吃。这种饼在牧民兄弟里传开了,大家都去向吐尔洪的老婆讨教,用她的方法做面团,再用滚烫的地面烤成脆饼。

沙漠夏天酷热,冬天严寒,也就没有大太阳能烤这种饼了。吐尔洪又想出了一个好主意,他在自家院里挖了一个大坑,四壁用黄泥抹实,在中间烧起红柳根,等炭火通红时,把和好的面团贴到四壁上,不一会儿就喷香四溢了,比自然晒熟的更好吃了。

后来,这种饼随着时间的流逝,渐渐地有了固定的称呼,叫"馕",意思就是"烤面饼"。从此,新疆的维吾尔族人就离不开馕了。

馕中间薄,边沿略厚,中央戳有许多花纹。

西南篇

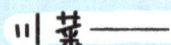

川菜——

菜式多样，口味清鲜醇浓并重，
麻辣著称，融会四方特点，
博采众家之长。

西
藏

过桥米线

滇菜——

云南菜选料广，风味多，
水鲜见长。其口味特
香回甜，偏酸辣

夫妻肺片

宫保鸡丁

重庆火锅

四川
贵州
南

制山珍、
嫩、清

过桥米线

古时候，在云南蒙自县的南湖上，有一个小岛，岛上绿树成荫，环境幽静。一位秀才为了赶考，就在这个岛上专心攻读。每天，他的妻子都会从家里送饭给他吃。

秀才很爱吃米线，妻子就每天为他烧米线吃。因为他家离岛很远，妻子来送饭时，必须走过一道长长的桥才到达，所以每次送来的饭菜都因路上时间太长而变凉了。

一天中午，妻子想给丈夫做顿肉菜，就杀了一只又肥又壮的老母鸡炖汤。鸡炖好后，一层厚厚的鸡油覆盖在汤上，闻上去香喷喷的。妻子把鸡汤装入罐中，正准备给丈夫送去时，忽然有人来找她。等她急急忙忙办完事情回来后，日头早已偏西。妻子担心鸡汤凉了，尝了一下，发现鸡汤竟热得烫嘴。原来，是那层厚厚的鸡油起到了保温作用。妻子赶紧拎起瓦罐，带上米线，穿过小道，走过长桥，来到丈夫身边。她将米线往鸡汤里烫一烫，随后连汤带米线捞出来放进碗中。秀才吃了这热乎乎的鸡汤米线后赞不绝口。

从此，尽管秀才的妻子每天要穿小路、过长桥，但是秀才顿顿能吃上滚热鲜香的鸡汤米线了。因为妻子每天都要过桥送米线，久而久之"过桥米线"因此得名。

这种方法传开后，人们纷纷仿效。有的还将切得薄薄的鱼片、生肉片放进滚汤中汆熟,再加上米线和菜就汤吃,更增加了过桥米线的风味。

过桥米线由汤、片、米线和佐料四部分组成。
吃时先把蛋磕入碗内;接着把生鱼片、生肉片等放入烫熟;
然后放入香料、熟肉;加入蔬菜、豆皮、米线;最后加入佐料。

夫妻肺片

相传在 20 世纪 30 年代的成都,有一男子叫郭朝华,与妻子一起专门卖凉拌牛肺片。他们每天早晨做好牛肺片,走街串巷,提篮叫卖。夫妻二人做的牛肺片制作精细、风味独特,深受人们喜爱。

后来,夫妻俩又盘个门面,开店经营,对牛肺片的制作也更为讲究——盐要用井盐,糖要用川糖,豆瓣必要郫县的,榨菜必要涪陵的,花椒要大红袍,海椒要红灯笼。夫妻俩将煮烂的牛肺、牛肉切成片,装入盘内;舀点老卤,加上味精、辣椒油、酱油、花椒粉调成味汁,浇在牛肺、牛肉上,再撒上酥花生米粒、芝麻面就做好了。

再后来,他们用牛肉、牛心、牛舌、牛肚、牛头皮等取代最开始单一的牛肺片,风味越来越好。因为是夫妻老婆店,他们就把这种凉拌菜命名为"夫妻肺片"。

夫妻肺片的作料太香,走几步远都能闻到。顾客想吃,有两个方法:一是端个自家的碗去店里称,让店里给你拌好端回家;二是店里另备一双筷子,顾客可以自己选取想吃的品种。体面人家一般是不会当众买来吃的,觉得既不卫生,又失体面。但是,这种小吃的诱惑力实在太大,价廉物美,所以常常逗得有地位的人不得不偷着买来吃。为了防止被熟悉的人看到,他们的措施是:站在夫妻肺片的铺子前先打量一下街道两头,看有没有熟人在。所以夫妻肺片还有个戏称,叫"两头望"。

夫妻肺片 赵蕴玉书

著名书法家赵蕴玉为夫妻肺片写的牌匾。

花生 味甘,性平。富含维生素 K,有强烈止血作用;富含维生素 E 和锌,能增强记忆、抗老化、延缓脑功能衰退,滋润皮肤;含维生素 C,能降低胆固醇。所以自古以来有"长生果"的美誉。

宫保鸡丁

● 食话 ●

相传,宫保鸡丁是清代一位四川总督发明的。这位四川总督姓丁,名宝桢,曾当过清朝的太子少保。这个人不仅能文能武,还有一个爱好,就是烹饪做菜。他虽然不是生在四川,可是因为在四川做官生活多年,用过不少四川厨师,吃惯了川菜,所以对做川菜就用上了心。丁宝桢特别喜欢研究吃,他吃了还不算,还要看看学学,有时还要创造创造,每亲手做出一道好菜,便摇头晃脑,沾沾自喜起来。

一次,丁宝桢杀了一只嫩鸡,想做个如意的菜肴。可是做什么菜式呢?心里实在没有数。

丁宝桢把鸡洗干净后,用快刀片下鸡肉,切成小块方丁,要炒个鸡丁。用什么作配料呢?他一开始想用竹笋、香菇,后来觉得竹笋在四川天天吃,什么菜里都有,不能多用。香菇炒鸡丁,也很俗气,显不出特点来。最后丁宝桢忽然想起了花生米,如果与鸡丁相配,说不定很好吃呢?打定主意,丁宝桢便剥了花生,取出整齐的花生仁,用清水浸泡。花生仁入水,逐渐膨胀,捞出来去掉软皮,再下油锅炸成黄色,一尝酥脆可口。另取干辣椒相配,有黄有红,再以作料相拌,炒成鸡丁。炒完一吃,实在出乎意料,鸡丁肥嫩,花生酥脆,到嘴里,有点儿麻辣,又十分鲜香。

后来,丁宝桢在家中大宴宾客,就亲手做了这个鸡丁。宾客吃了,纷纷跷起了大拇指。

有来客问这道菜叫什么名字,席间有人说:"这是丁宫保的发明,就叫他'宫保鸡丁'好了!"大家听后一起叫好。

从此,这道菜就流传开来,不仅有"宫保鸡丁",还有"宫保肉丁",做法也是套用"宫保鸡丁"的,只不过把嫩鸡改成了里脊肉。

麻婆豆腐

清朝的时候,四川成都北门外有两口子,男的姓陈,女的脸上有好几颗麻子。两口子在万福桥水码头旁边开了个店子卖饭菜。

两口子待人和气,老板娘弄的菜味道好,饭又给的多,于是那些卸货的、推车的、挑担担的力气人都会到他们那吃饭。客人和他们熟了,就给老板娘起了个绰号叫"陈麻婆"。没多久,方圆几里的人都知道陈麻婆了。后来,陈麻婆的丈夫得病死了,她就一个人撑着小饭馆。

这天,几个挑担担的人进城回来,他们把篓子底的剩油倒了出来,凑了一大碗油;又去隔壁铺子里割上半斤牛肉,买上两盒豆腐,交给陈麻婆,让她帮忙做个菜吃。陈麻婆就试着炒了个牛肉豆腐,发现这个菜做出来大家都爱吃,就觉得这个生意有做头。她索性请了个伙计,在自家饭馆里推卤水豆腐来卖。

陈麻婆是怎么做这个豆腐的呢?她先把牛筋肉和五花肉剁碎,放进锅里煸炒;炒的时候加郫县豆瓣酱、姜米子、汉源花椒等调料;再把豆腐打成小方块,过水排掉卤水味;豆腐捞起后和煸好的牛肉放在一起焖,用微火炖一炖;起锅的时候,再撒上一把嫩蒜苗和葱花。这样弄出来的豆腐,不仅牛肉臊子又酥又脆有回味,而且色泽鲜美好看,热气腾腾地端上桌来,叫人闻到就嘴馋。一吃更不得了,麻辣鲜香,唇齿留香。

碰到有来客自己带着豆腐、牛肉来店里找陈麻婆加工的,她也从不回绝，而且只收一点点佐料的钱。这一下，陈麻婆更加出名了。生意好，店子也扩大了。

一回，城里来了个文人先生来吃陈麻婆的豆腐，他舒舒服服地吃了一顿，就想给陈麻婆写个招牌。先生大笔一挥就把招牌写好了，陈麻婆看他字写得漂亮，就央求先生再给她写幅对联，内容是："不望金玉重重贵，但愿儿孙个个麻。"先生问她为什么要写这个内容，陈麻婆说："不能把挣钱看得太重，我麻婆豆腐出名，就是凭一个鲜香麻辣烫，这个麻是这道菜的关键，所以我希望我后面的人弄出来的豆腐也那么麻！"先生听了连连点头，说陈麻婆是个有远见的老板娘。

陈麻婆的豆腐代代相传，直到今天，依旧是一道著名的川菜，无人不知无人不晓。

龙抄手

有那么一道小吃,北方叫馄饨,广东叫云吞,四川却叫龙抄手。龙抄手是怎么来的呢?这里有一个故事。

唐朝有个皇帝叫唐僖宗,因为黄巢之乱,他就逃往四川避难。

唐僖宗当时住在成都的青羊观。在这落难之地,唐僖宗也忘不了他的宫廷美食,要厨师给他做宫廷馅饼。但逃难时,御用厨子并没跟来,他们只能去找成都本地的厨师。这些成都厨师虽然厨艺高超,但是都不太熟悉北方的宫廷馅饼。成都的厨子不是等闲之辈,他们一起想出一个办法:将合好的面擀成很薄的面皮,切成小方块;将瘦肉剁细,加入姜汁葱水、盐及胡椒粉,然后沿一个方向搅拌,最后变成粉红的肉馅。他们取一匙肉馅,用一个薄面皮包起来。作为皇帝的御膳,面皮的包法得好看又不能让里面的肉散出来,他们几个试验了好几种包法,都不尽如人意。

这时,一个厨子偶然发现,皇上正抄着手观看寺外风景,姿势很霸气。他一下受到了启发,提出把面皮对折成菱形,两角向前抄包的方法。试验之后,得到了大家的赞同。

当几个厨子把这种"馅饼"煮熟,进呈唐僖宗时,唐僖宗生气地问:"这算啥馅饼?我从来没见过!"

厨子乖巧地说:"这是我们成都馅饼。我们见皇上抄手观景,便学皇上抄手的姿势来包肉馅，这种专为皇上做的特殊馅饼就叫'龙抄手'。"

唐僖宗一听，转怒为喜，尝了一个龙抄手，觉得爽滑鲜香，味道好极了，然后狼吞虎咽地将奉上的龙抄手一扫而光，而且吩咐以后天天都要吃这龙抄手。

黄巢之乱平定后，唐僖宗回到长安，难以忘怀成都的龙抄手，便叫御厨给他做。可北方的厨师怎么会知道如何做龙抄手呢？他们惶恐不已，唐僖宗吼道："混蛋，连这个都不会做？"然后，唐僖宗大概描述了一下龙抄手的形状及味道。北方厨师听了之后，竟按照唐僖宗所说的做了出来，除了个头大了些，味道还不赖，唐僖宗品尝后也平息了怒火。

这道御食不久传出宫外，其名由'混蛋'变成了'馄饨'；再传到南方，按南方人的发音又称为'云吞'。

凤尾酥

很久以前,四川某地有一家夫妻面馆,卖的是各种面条、包子之类的。

一天晚上,老婆不当心打破了猪油罐子,当时正值三伏天,猪油根本不凝固,流得满案板都是,怎么也擦不完。两口子觉得白白浪费一罐猪油,可惜得很。男人眉头一皱,计上心来。他把没卖完的煮过的刀削面团捞到案板上,又是揉又是擦,总算把案板上的猪油弄得干干净净。

第二天,老婆起来做早饭。她心血来潮,想弄点油炸包子吃。馅料是现成的,有没卖完的炸酱。皮子呢,就用昨晚上揉擦过猪油的面团吧!主意打定,她就动起手来。当她烧滚了油,把包子生胚往锅内一放时,突然大叫一声:"咦!好怪!"

男人不知出了什么事,赶快跑到跟前。一看也跟着老婆叫起来:"稀奇!稀奇!"

原来,那包子生胚一放进油锅,竟"嗞嗞嗞"地直往上冲,像是忽然变活了似的。冲出来的部分,像公鸡的尾巴一样,好看极了。

两口子把包子生胚都放到锅里炸,竟然个个如此,一吃,味道好得不得了——外头酥松,里头滋润。

这件事一传十、十传百,后来传到一个聪明的糕点师傅耳朵里。他打听到了打破油罐的故事,慢慢琢磨出了其中的奥妙,他用猪油揉进烫面再油炸的办法,重现了这个神奇的过程。于是,这道又漂亮又可口的点心从此登上了四川人的筵席。因为它的形状像公鸡的尾巴,人们就给他起了个好听的名字叫"凤尾酥"。

灯影牛肉

● 食话 ●

清朝时,有个厨子叫刘仲贵。因为在老家生活困难,就带着妻子女儿来到四川,投奔小舅子门奇林。半路上,女儿实在是走不动了,蹲在地上直喊饿。刘仲贵从挑子里拿出包袱,从里面拿出干饼子和咸菜给女儿。女儿吃了咸菜,口渴要喝水。刘仲贵拿出一只饭碗走到路边的一个饭铺,想要点儿水喝。铺子的王掌柜一看刘仲贵破烂的穿戴,立刻高声呵斥:"没有没有!去去去!"他们只好讪讪地走了。

离开饭铺后,他们找到了门奇林的家。没想到,门奇林的家境也不太好,一下子来了三口人,生活上捉襟见肘。刘仲贵就让他帮自己找个事情做。

门奇林问刘仲贵:"姐夫,你想干点儿什么呢?"

刘仲贵想起了王掌柜的话,就说:"我想开个饭铺。"

于是,门奇林帮刘仲贵找了个开饭馆的铺面,恰巧就选在王掌柜开的饭铺对面,这两家就算唱起了对台戏。

王掌柜见穷困的刘仲贵也开了饭铺,心中很是不爽,于是就想办法给刘仲贵捣乱,让他的生意惨淡无比。

这天,门奇林来了,看看姐夫经营的饭馆。刘仲贵一看门奇林来了,就向他大倒苦水,请他帮助自己想点儿办法。门奇林想了想说:"这一带是码头,出苦力的人多。他们喜欢喝酒,你在下酒菜上琢磨琢磨,也许会有门路。"

刘仲贵听后,一个人来到码头琢磨。坐在刘仲贵身边的几个苦力正在吃饭喝酒,其中一个苦力拿出牛肉来分给大伙儿吃。刚吃了一会儿,码头那边就有人喊:"来活了!快走吧!"苦力们急忙站起身来,朝码头走去。刚才给苦力们发牛肉的那个人边走边说:"这牛肉薄点就好了,现在这样带着真不方便。"说着话赶紧走了。

刘仲贵听了这话灵机一动,赶紧回到家,他先把牛肉切成薄薄的片片,薄到放在灯下能透光;再配上作料,做成一种半干的牛肉,吃不了也方便带着走。做成后,刘忠贵给这道菜起了个名字叫"灯影牛肉",立刻拿到码头上去卖。

不少人图个新鲜,买了点儿尝尝,发现味道很好,而且适合随身带。不少人听说后,都跑到刘仲贵的饭馆里来买灯影牛肉。这下可好了,刘仲贵的小饭馆被挤得水泄不通,终于赢过了王掌柜。

太白鸭子

　　唐朝天宝年间,唐玄宗很欣赏诗人李白,就让他进翰林院做了翰林。李白当了翰林以后,许多人想巴结他,李白却不为所动,这让别人很是恼火。

　　李白到朝廷做官,不是为了钱,而是要把自己一些治国的想法进谏给唐玄宗。但是,因为李白耿直的性格得罪了不少人,他见到唐玄宗的机会越来越少。李白为此十分苦恼。

　　这天,李白正在借酒浇愁,有一个朋友来看他,带来了一只鸭子和一坛黄酒。李白对这个朋友说:"今天咱们就地取材,就用你拿来的鸭子和黄酒做个菜尝尝。"

　　李白自幼住在四川,很爱吃当地的焖鸭,于是他决定仿制四川焖鸭的做法,做一道新菜。他先把鸭子放到开水中略烫;然后用料酒、盐、胡椒粉把鸭子的内外涂抹均匀,放到一只瓦罐里;加大葱、姜、料酒、三七、枸杞、老汤,然后用皮纸把瓦罐的口扎紧;再把瓦罐放到笼屉里,用旺火蒸三个多小时。蒸好后去掉皮纸,拿出鸭子放到盘子里,倒出瓦罐里的汤,真是肉烂汤鲜,味道十分鲜美。李白把做好的鸭子端到桌子上,请朋友入席品尝。朋友吃了鸭子,喝了鸭子汤,连连称赞道:"早就听说你做菜手艺好,果然名不虚传啊!"

　　李白的朋友吃完饭准备告辞。临走,给李白出了一个主意说:"皇帝也是一个好吃之人。你接近不了皇帝,为什么不把你做的鸭子送给皇帝尝尝呢?皇帝说不定会扭转对你的看法,听听你的高见呢!"李白想了想,觉得朋友说得有道理,决定照朋友说的办法试试。

李白托人把自己做的鸭子献给唐玄宗,唐玄宗品尝后大加赞赏,就把李白召到自己的内殿,问他这鸭子是怎么做的。李白却撇开鸭子,大谈自己的治国安邦之道。唐玄宗感到很扫兴,心里十分反感,还没等李白说完,他就挥手对李白说:"朕今天有点儿累了,等改天有时间再找你谈吧。"说完连连打着哈欠,就把李白撵走了。

李白非常失望,下定决心离开朝廷,过自己自由自在的生活。李白没有在唐玄宗那里施展自己的政治抱负,却歪打正着,留下了一道名菜。直到现在,"太白鸭子"依然流行于四川。

白果

味甘、涩,性平,小毒。是银杏的种子。主治哮喘痰嗽、尿频、无名肿毒等症。食用过量可致中毒,一般以绿色的胚部毒性最强。幼儿禁食。

白果烧鸡

● 食话 ●

　　从前有个张老汉,六十多了。张老汉的儿子死得早,只剩下个媳妇,对他很孝顺。

　　这年收完庄稼,张老汉吃了七天素,准备上青城山的道观。半路上他走累了,就想歇歇脚,顺便吃个自己带的素馍馍。哪知一翻小背篓,发现背篓底下放了一只煮好的老母鸡。这是怎么回事呢?原来是媳妇怕公公爬山太累,悄悄给他塞了只整鸡。要知道张老汉这几天正在吃素,不能吃荤呀,他叹息一声,只好把母鸡给扔掉了。

　　走呀走,走到了半山腰,张老汉又去找素馍馍吃,没想到一翻背篓,还是那只煮好的老母鸡!张老汉纳闷不已,只好又把鸡扔掉,继续上路。走到山门这,张老汉又去翻背篓,那只鸡像生了翅膀似的,又回到了他的背篓里。这可如何是好?

　　正巧,老道人做完了法事,走出山门来散散步,刚跨出门,就见张老汉愁眉苦脸的,就走上前去问道:"老施主,啥事把你愁成这样哟?"

　　"哎,别提了,我吃了七天素斋才上山,哪晓得媳妇给我烧了只老母鸡,我扔了三回,每次又莫名其妙地回到我的背篓里。"

　　老道人听了说:"老施主,你的媳妇很孝顺,这只鸡是神仙让你吃的,你就吃掉吧。"

　　张老汉犹豫地问:"真的能吃荤?"

老道人笑眯眯地说："神仙给你吃，你就吃吧。"随后，老道人把张老汉迎进了客房，又捧来一把白果送给张老汉，说："这白果吃了可以长寿。"

张老汉住进客房，饿得不得了，于是架起砂锅开始炖鸡。他边烧火边剥白果，剥好一个就丢在炖鸡的砂锅里头。等到一捧白果都剥完，砂锅里传出一阵清香。张老汉打开砂锅一看，鸡汤浓浓的。张老汉咬了口鸡肉，那真是香嫩可口，还隐约混合着白果特殊的香气。

后来张老汉下了山，照样用白果炖鸡吃，还把自己的奇遇告诉了大家。从此，这道菜就和张老汉的故事一起流传开来了。

植物银杏与其果实白果的素描。

重庆火锅

从前有一年,一个八府巡按到重庆来查案子。到了重庆后,他生了毛病,什么东西也吃不下,用啥药都不管用。这天,巡按胸闷肚胀,走出衙门散散心。当他走到大梁一带时,忽然闻到一股香气,奇怪的是,巡按闻到这股香味,竟胃口大开,一下子就想吃东西了。

原来,重庆大梁一带叫花子多得很。叫花子里的头头,每天都喊手底下那些小叫花去城里的大街小巷要饭。要回来的剩饭剩菜,就一股脑儿倒进一口大锅,和汤合水一块儿吃。就是这股子香味让巡按闻到了。

巡按顺着香气走近一看,见一群叫花子围着水花翻腾的大锅,正你一筷子、我一筷子地吃得香,让他馋得直留口水。巡按很想吃,但是他又放不下自己的架子,只好忍着肚子饿回衙门。

回去之后,巡按就要厨子照样弄这种好吃的。但是厨子怎么知道这玩意儿怎么做?

于是第二天,厨子就乔装打扮一番,装成叫花子,去大梁和那些叫花子挤在一起吃。吃完之后,果然相当好吃,厨子就暗暗把他们烧的那些东西一样样都记在了心头,有毛肚、黄喉、鸭肠、牛血等等。

回去之后,厨子照样煮了一大锅,还另外加了好多麻辣香料。煮好后,厨子一尝,比自己昨天吃到的还要好吃!

厨子马上喊巡按大人过来吃,巡按吃完,连连说:"对头对头,就是这个味道!"

从此,这种吃法越传越宽,流行在重庆的大街小巷,重庆火锅就是这么来的。

图书在版编目（CIP）数据

美食故事/《故事会》编辑部编. —— 上海 ：上海锦绣文章出版社，
2014.1

（5000年民间故事经典传承丛书. 知系列）

ISBN 978-7-5452-1385-0

Ⅰ．①美… Ⅱ．①故… Ⅲ．①民间故事－作品集－中国 Ⅳ．①I277.3

中国版本图书馆CIP数据核字(2013)第144370号

书 　名：美食故事

责任编辑：陶云韫

装帧设计：王　伟

版面设计：王怡斐

插 　图：蜂群动漫 宋　佳

责任督印：张　凯

出 　　版：上海锦绣文章出版社 上海故事会文化传媒有限公司

发 　　行：中国图书进出口上海公司

　　　　　地址：上海市广中路88号　　　电话：36357888

书 　　号：ISBN 978-7-5452-1385-0/I · 529

上海故事会文化传媒有限公司　出品（00485）　www.storychina.cn

上海故事会文化传媒有限公司所有图书可办理邮购（挂号除外）

汇款地址：上海市南绍兴路74号（200020）；　收款人：上海故事会文化传媒有限公司

联系电话：021-54667910